UNE CROIX
DANS LE SABLE

Évelyne Brisou-Pellen

UNE CROIX DANS LE SABLE

HACHETTE
Jeunesse

Qui est l'auteur ?

Évelyne Brisou-Pellen a passé sa petite enfance au Maroc. Aujourd'hui, elle vit en Bretagne – région dont elle est originaire – avec sa famille. Après des études de lettres, elle se destinait à l'enseignement lorsqu'elle se découvrit une passion pour l'écriture... Passion qui ne s'est jamais démentie et à laquelle elle se consacre maintenant à plein temps. Elle aime explorer, avec ses romans, des territoires chaque fois différents. Cet auteur très apprécié des adolescents va souvent rencontrer ses lecteurs dans les classes pour leur parler de ses romans. Évelyne Brisou-Pellen écrit énormément pour la jeunesse et est également publiée chez Rageot, Gallimard, Nathan, Milan, Père Castor, Bayard, Casterman, Bordas, Pocket, Averbode.

En hommage à
Jeannine Tilly-Rouxel

Remerciements à
Roger Frey, pour ses travaux sur l'histoire
de Saint-Michel, qui m'ont été très précieux
Alain Bougeant, libraire à Lannion
Aude Le Guigner, secrétaire de mairie à Saint-Michel

1

Des chuchotements

Lancelot ouvrit la porte à la volée, bondit dans la maison et referma vivement derrière lui. Sans même en prendre conscience, il avait retenu le battant au dernier moment pour qu'il ne claque pas. Qu'*ILS* ne l'entendent pas.

Dans la pièce, il faisait encore plus sombre que dehors. Seule une chandelle donnait un peu de lumière à Eder Laurégan, son père, qui cousait sa marque de tisserand sur un rouleau de toile. Bonie jouait avec sa poupée de chiffon devant les dernières braises, sur la pierre de cheminée.

Lancelot s'appuya sur la porte comme pour

l'empêcher de se rouvrir et tenta de reprendre sa respiration. L'air, se frayant avec peine un passage vers ses poumons, faisait un bruit de forge.

— Ils... Ils sont au cimetière, souffla-t-il.

Eder s'immobilisa, laissant son aiguille en suspens, puis il demanda avec une sérénité forcée :

— Lesquels ?

— Ceux de Plestin. J'ai reconnu le seigneur Jan Adam.

Sans rien dire, le vieil homme se dirigea d'un pas contenu vers la fenêtre et verrouilla le volet. Une piètre défense s'*ILS* voulaient entrer chez lui, mais c'était tout ce qu'il pouvait faire.

Lancelot remarqua soudain que sa sœur aînée ne se trouvait pas dans la pièce et s'inquiéta :

— Où est Louise ?

— À la veillée au moulin. Par chance, elle doit rester y coucher.

Eder dissimula la lampe à huile derrière le métier à tisser et alla discrètement entrouvrir la porte pour écouter la nuit. On aurait dit des voix...

Non, ce n'était que le bavardage du ruisseau qui courait en contrebas. Quand les pluies de printemps le transformaient en torrent, son chant résonnait étrangement entre ses rives abruptes. On n'entendait rien d'autre. Pourtant, Eder ne croyait pas un instant que son fils ait eu des visions. Et ne percevoir que les chuchotements du Kerdu était plus préoccupant que tout. Lancelot avait raison, quelque chose se préparait. Sûrement une attaque d'envergure, sinon les chefs n'auraient pas obtenu des hommes un silence si parfait. Tout ce qu'on pouvait souhaiter, c'était que *ligueurs* et *royaux* ne se battent pas à l'intérieur du village.

Eder referma, tira le verrou et installa deux planches en appui pour bloquer le battant.

Bonie, qui était restée totalement silencieuse jusque-là, demanda à voix basse :

— Le seigneur Jan Adam, il se bat pour le roi ?

— Non, répondit Lancelot, contre. C'est le chef des *ligueurs* de Plestin.

Il y eut un silence, puis la fillette reprit d'un ton anxieux :

— Et nous, on est pour qui ?

— On n'est pour personne ! lâcha vivement Eder. Pour personne, tu entends ?

Bonie détourna piteusement la tête vers le feu, et les dernières petites flammes illuminèrent ses volumineux cheveux d'un blond roux.

Lancelot ne croyait pas que son père n'ait pas d'avis, juste qu'il se refusait à le donner. Pour qu'on le laisse en paix. Seulement, la paix, on ne l'aurait pas pour autant. Parce que les deux armées se moquaient, en réalité, de savoir si on était « pour le roi » ou « pour la Ligue ». Une seule chose les intéressait : piller.

Ici, à Saint-Michel-en-Grève, on était tiraillé entre les deux camps. D'un côté, on était attaché à la religion catholique, d'un autre côté on devait fidélité au seigneur, le marquis Pierre de Coatrédrez, qui soutenait le roi Henri IV.

Eder sortit la lampe de sa cachette et reprit d'un ton encore un peu bougon :

— Il ne faut jamais prendre parti quand les partis ne savent que s'affronter dans le sang.

— Pourquoi est-ce que les ligueurs n'aiment pas le nouveau roi ? demanda Bonie d'une voix mal assurée.

— Parce que Henri de Navarre, même s'il s'appelle maintenant Henri IV, est resté protestant, Bonie. C'est un « huguenot », comme ils disent. Alors ils veulent le chasser pour mettre un roi catholique à sa place.

— Il ne croit pas en Dieu, Henri IV ?

— Si, bien sûr, si ! Il croit juste qu'on doit prier Dieu directement, sans passer par l'intermédiaire des saints. Il croit qu'on n'a pas besoin de belles églises pour s'adresser à Lui, ni de prêtre ni de pape.

Bonie n'avait qu'une vague idée de ce qu'était le pape, mais le prêtre était celui qui disait la messe et qui lui faisait si peur quand, du haut de la chaire, il tonnait de sa voix terrifiante contre les « hérétiques[1] ». Surtout qu'elle ne savait pas ce qu'étaient des « hérétiques » et qu'elle les imaginait comme des géants avec des piquants partout. Du coup, elle s'informa avec intérêt :

— C'est vrai qu'on n'a pas besoin de prêtre ?

Eder hésita un instant, puis il répondit :

— Les protestants le disent. Cependant, leur foi est toute nouvelle. L'Église catholique, elle, prétend le contraire, et elle a des siècles d'existence...

Il suspendit sa phrase et écouta. Plusieurs chevaux... Le bruit de leurs sabots dans la rue.

Ils ne respirèrent plus. Bonie se faufila entre les montants du métier à tisser pour chercher une protection et ferma violemment les yeux. Il fallait qu'elle pense à un mur. Dans sa tête, elle le bâtissait tout autour de la maison, en travaillant aussi vite que le vent. Les murs montaient, montaient comme un rempart impénétrable, et là, elle se sentait à l'abri du danger.

Elle heurta maladroitement une pédale du métier, et les peignes, au-dessus d'elle, se déplacèrent en grinçant. Elle en fut si effrayée qu'Eder

---

1. Les protestants étaient considérés comme des hérétiques car leur croyance différait de celle de l'Église officielle.

et Lancelot renoncèrent à lui faire la moindre remarque.

Les chevaux s'arrêtèrent au bout du passage qui, longeant le ruisseau, menait chez eux. Ils avaient la chance de ne pas habiter directement en bordure de rue. Malgré tout, la tension leur nouait les muscles. Avec ces arrivants supplémentaires, il y avait sûrement là une véritable armée.

— Ils ont le diable au corps ! chuchota Eder pour tenter d'étouffer ses angoisses.

Quand il était venu s'installer ici, il avait cru que les Bretons étaient plus tolérants que les autres : ils demeuraient paisibles quand, partout, catholiques et protestants s'étripaient, mettant la France à feu et à sang. Et voilà qu'en août dernier, un moine avait poignardé le roi Henri III qu'il trouvait trop tolérant, et la Bretagne s'était enflammée à son tour.

— Tout ça parce qu'un moine fou a tué le roi ! grogna Lancelot.

— Ne te berce pas d'illusions, répondit Eder, personne n'est blanc dans cette affaire. Ce même Henri III avait fait assassiner le chef de la Ligue, le duc de Guise. Qu'il soit tué à son tour par un fanatique, quoi d'étonnant ? (Il soupira.) Aujourd'hui, tous les différends se règlent au poignard. Le sang appelle le sang et, maintenant, on s'entretue en Bretagne comme ailleurs. Et pourquoi, je vous le demande ? On se connaît tous, ici, on vivait en paix !

Il se rendit compte qu'il avait élevé la voix et se tut brusquement pour écouter. Plus rien. Même pas un raclement de sabot. La mer descendait, les hommes étaient sans doute passés sur la grève.

Un long moment, ils attendirent en silence. Si les hommes avaient quitté les lieux, on ne se battrait pas dans le village. Ils respirèrent mieux.

Pourtant, aller se coucher était exclu. Il aurait fallu passer dans la chambre, derrière, et ils n'entendraient plus rien des rumeurs de la rue. Cette pièce avait une unique fenêtre, donnant sur le ruisseau, et un mur aveugle qui les isolait de la mer. On l'utilisait comme chambre depuis qu'on n'avait plus besoin d'étable, depuis que des combattants d'un bord ou de l'autre (ils ne l'avaient jamais su) leur avaient volé la vache et la mule.

— Où étais-tu si tard ? interrogea enfin Eder.

Lancelot hésita à mentir. Son père avait un sixième sens, peut-être parce qu'il était vieux. Soixante ans. C'était beaucoup si on considérait que sa fille aînée, Louise, en avait dix-sept, Lancelot douze et Bonie sept. Sa femme et lui les avaient eus après plus de vingt ans de mariage. Comme ils le disaient, Dieu leur avait accordé un miracle.

— J'étais au Grand Rocher, avoua Lancelot.

Eder le dévisagea d'un œil sévère. Le Grand Rocher était un endroit excessivement dangereux, un repaire de brigands. Des voyageurs s'y faisaient attaquer constamment, on l'appelait même « la Roche-qui-tue ». Il surplombait l'immense baie entre Saint-Michel et Saint-Efflam, à un endroit où ceux qui traversaient à marée basse étaient totalement à découvert pendant une lieue[1] ; coincés entre terre et mer, ils se trouvaient aussi exposés qu'une fourmi sur la paume d'un géant. En cas d'attaque, impossible de s'échapper. D'ailleurs, il n'était pas conseillé de l'essayer. Mieux valait donner vite tout ce qu'on possédait, pour conserver au moins la vie.

— Encore cette histoire de ville enfouie ? grogna Eder.

Bonie rentra les épaules. Dans le Grand Rocher, était cachée une cité sur laquelle veillait un dragon. Il avait des écailles vertes, une gueule énorme, avec des grandes dents pointues, et un œil rouge au milieu du front. Elle dit d'une petite voix :

— Si on ne donne pas une jeune fille à manger au dragon chaque année, *il balaye le pays de son haleine de feu*.

1. Une lieue = 4 kilomètres.

— Et il va venir te manger ! grimaça Lancelot en lui mettant ses doigts crochus au-dessus de la figure.

Bonie poussa un cri.

— Arrête de lui faire peur, gronda Eder. C'est vraiment le moment, je t'assure !

— C'est ma faute, à moi, si elle est aussi trouillarde ? (Il eut un sourire moqueur.) Il n'est plus là, le dragon ! Il a été tué par le roi Arthur, il y a très, très, très longtemps. Arthur a débarqué au Grand Rocher avec sa terrible épée, sa massue à trois têtes et son bouclier en peau de lion, et il l'a attaqué, et Vvv et Vvv avec son épée (Il mimait.) Et vlan, avec sa massue. Et crac, le dragon a crevé.

Lancelot laissa pendre sa langue sur le côté pour imiter le dragon mort.

— Je suis Lancelot, reprit-il en se frappant vaillamment la poitrine, chevalier du roi Arthur. Et je peux sans crainte pénétrer dans l'antre du monstre. (Il baissa la voix d'un air mystérieux.) Il y a là-dedans une ville magnifique, avec des rues tout illuminées de mille lanternes, et des maisons aux murs de saphirs et d'émeraudes, et des toits en feuilles d'or. On peut les apercevoir par une fente du rocher.

— Tu les as aperçus ? s'ébahit Bonie.

— Je n'ai pas encore trouvé la fente, mais ça ne

va pas tarder. Après, j'attends la nuit de Noël, pour qu'elle s'ouvre. Et alors là...

— Alors là rien, coupa Eder. Personne ne l'a jamais vue, cette cité. Est-ce que tu te rends compte du danger dans lequel tu t'es mis pour des bêtises ? Aujourd'hui, les soldats de tout poil qui hantent ces contrées sont autrement plus redoutables que le dragon !

— Tout le monde dit que la ville existe, insista Lancelot.

— Elle existe, oui, ricana le vieux tisserand. Elle existe pour entretenir l'espoir des miséreux. Parce que, sans cela, quel serait leur horizon, hein ? La peur et la faim...

Il s'interrompit brusquement. Le loquet venait de se soulever. On tambourina à la porte.

2

L'odeur du danger

— Ouvrez ! cria une voix affolée.

Louise ! Ses coups étaient de plus en plus précipités, trahissant une panique grandissante. Eder ôta vite les planches qui bloquaient la porte et sa fille jaillit dans la pièce. Ses beaux cheveux noirs d'encre s'étaient dénoués, et elle avait sa coiffe à la main.

Le tisserand ne put refermer. Un homme retenait le battant avec le fer large et tranchant de sa hallebarde. Son essoufflement révélait qu'il avait poursuivi Louise jusqu'ici. De rage de voir sa proie lui échapper, il pointa son arme sur la poitrine d'Eder d'un air menaçant. Puis son visage changea, il relâcha sa pression et dévisagea le tisserand d'un air stupéfait.

— Je ne voulais pas déranger, marmonna-t-il enfin. Je passais juste. Une jeune fille ne devrait pas être dehors à une heure pareille.

— Est-ce la jeune fille, qui est en tort, ou ceux qui menacent sa sécurité ? répliqua sèchement Eder.

Les deux hommes se toisèrent. Contrairement à ce qu'avait cru le tisserand, il y avait encore des ombres du côté de la rue. L'homme à la hallebarde, un costaud d'une quarantaine d'années, sembla hésiter puis, curieusement, se mit à rire en silence.

Ils s'étaient parfaitement reconnus, Eder Laurégan et Roland Prat. Bien que le temps ait passé, ni l'un ni l'autre n'avait tellement changé.

— Merci de me l'avoir ramenée, dit finalement Eder.

Oh oui, il le reconnaissait, Roland Prat ! Et, en vérité, ça ne l'étonnait pas de le retrouver parmi les ligueurs, dans la milice de Plestin. Car Prat était un catholique pur et dur. Jadis, il rêvait même d'accomplir le pèlerinage de Rome pour avoir l'honneur de baiser l'anneau du pape.

— Je pense que tu as beaucoup à faire, finit Eder. Ne te mets pas en retard.

Et il repoussa la porte.

Mais l'autre ne l'entendait pas de cette oreille. Retenant le battant d'un pied autoritaire, il souffla avec un mouvement de tête en direction de Louise :

— C'est elle ?

Eder le foudroya du regard.

À cet instant, un autre soldat arriva en courant :

— Qu'est-ce que tu fais, Prat ? On s'en va !

Il aperçut soudain le tisserand dans l'entrebâillement de la porte et pointa vivement sa lance. Prat l'arrêta :

— Il ne parlera pas. Je réponds de lui. Il est bon catholique, je te le garantis... Hein, Laurégan, tu ne préviendras personne que tu nous as vus ?

— Je le jure sur la tombe de ma femme, déclara Eder.

— Elle est morte, ta femme ?

— Il y a deux ans.

Prat eut un hochement de tête, comme pour des condoléances, mais ne se retira pas pour autant. Il jeta un regard inquisiteur dans la pièce. Celle-ci était encombrée par deux métiers à tisser, un grand et un petit, et un haut cylindre de bois – un ourdissoir servant à préparer les fils de chaîne pour le tissage. Il n'y avait pas de lit, juste une grande table et deux coffres. Cela signifiait que le tisserand était assez riche pour avoir deux pièces à vivre dans sa maison.

— Dépêche-toi ! insista son compagnon.

À regret, Prat tourna les talons.

Eder Laurégan... songeait-il en regagnant la rue. Et il habitait là, au bout de la *Lieue de Grève,* à Saint-Michel. Finalement, il s'était donc fixé ici... Pourquoi n'avait-il jamais repris contact avec lui ? Plestin était à deux lieues à peine.

Et ce regard quand il avait parlé de sa fille... Intéressant, ça. Oui, très intéressant. Il y avait sans doute quelque chose à en tirer.

Prat suivit le groupe silencieux jusqu'à la place du village. Il aurait tout le temps de réfléchir après, parce que la mer s'était retirée, dégageant le passage à travers la grève, et qu'on n'avait pas de temps à perdre.

De nouveau, la peur l'assaillit. Il dut se répéter qu'il combattait pour la bonne cause, la cause de Dieu, car Dieu ne voulait pas d'un roi protestant dans le beau pays de France. Dieu ne voulait pas d'un homme qui méprisait le pape et n'avait aucune déférence pour la Vierge Marie ni les saints. Maudits huguenots...

Lui, il œuvrait pour le bien. Oui. Il était le bras de la justice de Dieu. Dieu lui donnait tout pouvoir sur les hérétiques et le protégeait des coups.

Il ne fallait donc pas craindre d'affronter les troupes de ces sales *royaux* réfugiés comme des pleutres au château de Tonquédec.

Prat se répéta « Sales pleutres », pour conjurer le sort. Car, malheureusement, les royaux savaient quitter l'abri de leurs grosses murailles quand ils le voulaient, et se battre avec rage. Et on allait croiser leur chemin cette nuit, demain... On se posterait à l'abri du Grand Rocher et, au matin, on les surprendrait au moment où ils essayeraient de traverser la grève de Saint-Michel. La grève était un bon champ de bataille, on n'y était gêné par rien. Sauf par la trouille au ventre.

Il ne l'avait pas, non, il ne l'avait pas. Dieu était avec lui. Il pensa de nouveau à la fille de Laurégan. Curieuse affaire...

*

* *

Eder s'épongea le front. Ce n'était pas à cause de la chaleur... Maintenant, à retardement, ses mains tremblaient, et il avait peine à contenir les battements de son cœur.

— Pourquoi es-tu rentrée ? demanda-t-il à Louise.

— J'avais peur pour vous.

— Tu te rends compte que tu aurais pu te faire tuer, blesser, violer !

— Je préférais être ici. Je ne pouvais pas supporter de ne rien savoir. Si nous devons mourir, je veux que ce soit tous ensemble.

Eder soupira, tendit la main vers sa fille et lui serra doucement l'épaule. Puis il entoura Lancelot de son autre bras. Aussitôt, Bonie se précipita pour se glisser entre eux. Un long moment, ils restèrent serrés les uns contre les autres sans rien dire.

— S'il m'arrivait quelque chose, murmura enfin Eder, promettez-moi de rester toujours unis, comme aujourd'hui.

— Je te le promets, assura Louise, je veillerai sur eux.

— Je promets de continuer à les faire enrager toujours autant, promit Lancelot.

Malgré ses efforts, l'appréhension lui avait éraillé la voix.

Eder esquissa un sourire, accentua brièvement son étreinte qui réunissait ses trois enfants chéris et ouvrit ses bras pour les laisser s'envoler. La vie était ainsi : on était ensemble, et puis on ne l'était plus. Voilà. Il aurait voulu les protéger le plus longtemps possible, seulement il était vieux déjà, si vieux...

Il ne fallait pas penser à ça. Il se dirigea vers la

porte, entrouvrit le battant… Ça sentait l'algue et la peur. De bruit, plus aucun. La cloche de l'église égrena onze coups.

Il ne pouvait pas aller dormir dans ces conditions, il devait en avoir le cœur net.

— Ne bougez pas d'ici, souffla-t-il.

Il se glissa dehors et tira la porte derrière lui.

La lune était presque pleine, on y voyait clair. C'était certainement la raison pour laquelle les milices avaient choisi cette nuit pour se réunir.

Eder franchit silencieusement le passage et déboucha sur la rue. Il n'y avait plus personne. A droite, côté cimetière, tout était également désert. Il passa, à gauche, le pont qui franchissait le ruisseau et s'avança jusqu'à l'auberge, à l'angle de la place. Tous les volets étaient clos, chacun se terrait chez soi. Pas la moindre lumière non plus du côté de la Vieille Côte, la route de Lannion.

Eder respira mieux. Le sang ne coulerait pas sur leurs pavés. C'était sans doute très égoïste de sa part, mais il préférait que les hommes aillent se battre ailleurs. Depuis qu'il avait ses enfants, il était devenu très égoïste ; il voulait les protéger de tout, leur donner du bonheur. Du bonheur maintenant, sur cette terre, pas dans l'avenir incertain qui se dessinait après la mort. La coupe du malheur, il l'avait bue. Jusqu'à la lie.

À la lueur de la lune, il traversa la petite place et descendit vers la grève. Ici, on n'entendait que le murmure précipité de la rivière qui, longeant la côte, rejoignait le Kerdu au niveau du gué. Ensemble, creusant leur lit dans le sable, ils dévalaient ensuite la grève à toute vitesse pour aller retrouver la mer qui, à cette heure, s'était retirée au loin.

Un groupe d'hommes s'éloignait à travers la baie. Une troupe sombre et menaçante. Eder songea à Prat, à son regard qui avait fouillé impudiquement sa maison, dévisagé sa fille. Pendant tant d'années, il avait réussi à l'éviter ; et maintenant...

3

12 mai 1590

— Non ! Pas ça !

La voix d'Eder était si affolée que Bonie, se levant d'un bond, enjamba Lancelot pour se précipiter vers le lit de son père. Son frère la ceintura au passage.

— Arrête, chuchota-t-il vivement en la bâillonnant de la main. Il ne faut pas réveiller quelqu'un qui rêve.

Bonie roula des yeux exorbités, comme si elle était en train de perdre le souffle. Pressentant qu'elle allait éclater en sanglots, Lancelot relâcha son étreinte.

— Tu te tais, hein ?

— Il... Il me fait peur, hoqueta la petite.

— Ce n'est rien. Toi aussi, ça t'arrive d'avoir des cauchemars, non ?

Elle hocha la tête, l'air encore effrayé. Elle, c'était normal, elle n'avait pas encore sept ans, mais les adultes n'avaient peur de rien. Et son père était le plus courageux de tous.

— Qu'est-ce qu'il a ? demanda-t-elle d'une voix tremblante.

Louise, qui occupait l'autre côté du lit, la saisit par la taille et lui murmura en la réinstallant à sa place :

— Tout le monde peut faire des cauchemars. Moi aussi, je rêve souvent.

— De quoi tu rêves ?

— Je rêve d'une route. Avec des cailloux qui m'écorchent les pieds. Je pleure, mais pas parce que j'ai mal aux pieds.

— Pourquoi alors ?

— Je n'en sais rien. Rien du tout. J'ai l'impression que c'est parce que je suis toute seule et, pourtant, je ne suis pas toute seule. Papa et maman sont là. Les rêves, c'est comme ça. Ça n'a ni queue ni tête. Ce qu'il y a d'agréable dans les cauchemars... (Elle déposa un baiser sur la joue de sa sœur.) c'est le moment où on se réveille et où on s'aperçoit qu'il n'y a rien de vrai.

Elles rirent doucement, comme deux complices.

— Et on se dit que la vie est belle, ajouta Lancelot avec un ricanement nerveux.

Il y eut un silence, troublé d'abord par un ronflement léger et qui prit peu à peu de l'ampleur. Cela les rassura.

— Il a dû rêver de maman, déclara Bonie d'un ton définitif.

— Elle lui manque, ajouta Louise. À moi aussi, elle me manque.

Bonie jeta ses bras autour du cou de sa grande sœur et elles restèrent ainsi, à se bercer. Leur mère était morte d'une vilaine maladie que personne ne savait guérir, après des jours et des jours de souffrance. Depuis, Bonie avait très peur d'aller se coucher le soir. Surtout que Louise restait souvent à filer au coin du feu et ne venait la rejoindre que très tard. Lancelot, lui aussi, avait le droit d'attendre la nuit pour se coucher. Quand elle serait grande, elle ferait pareil. Quand elle serait grande, elle n'aurait plus peur. Pourquoi est-ce qu'il y avait toujours des gens qui se battaient et des fermes qui brûlaient ? Bien que son père ait vu partir les soldats, elle sentait une présence autour de la maison. Elle avait l'impression qu'un danger planait, comme lorsque la milice avait mis le feu à la grange des Person.

Le silence durait depuis un moment, les enfants s'étaient rendormis. Eder ouvrit les yeux. Ronfler était le moyen le plus efficace qu'il avait trouvé pour faire croire qu'il dormait. Parce que, malheureusement, il ne parvenait pas à contrôler ses terreurs nocturnes. Cela prouvait qu'il n'avait rien oublié, rien digéré. Dix-huit années avaient pourtant passé. Dix-huit ans depuis qu'il avait été précipité en enfer.

Il avait remonté lentement la pente, cependant – il le voyait bien – seule une partie de lui respirerait de nouveau. Le fond de son âme restait brûlé, et à jamais.

Mais Dieu avait été bon avec lui. Il lui avait accordé trois enfants, une seconde chance, une seconde vie. Il devait la protéger à tout prix.

Il se rendormit avant d'avoir pu entendre les frôlements sur la lande. Des silhouettes silencieuses descendaient vers le fond de la vallée, vers la grève, réveillant au passage le parfum des ajoncs. Les lances brillaient au clair de lune, et les casques. On avait enveloppé de bandages les sabots des chevaux.

— Laurégan ! Laurégan ! (On cognait à la porte.) Ça se bat sur la grève !

Les coups cessèrent et des pas s'éloignèrent précipitamment. On ne voulait pas rater le spectacle, surtout que la bataille se déroulait assez loin pour qu'on soit assuré de ne pas prendre de coups. Et puis, il valait mieux assister à l'empoignade, pour pouvoir anticiper la suite. Pour ça, il y avait un endroit idéal : le flanc des collines, qui formaient un véritable amphithéâtre sur la baie.

C'est à mi-chemin du Grand Rocher que le village s'était assemblé. Quand les Laurégan arrivèrent, chapeaux noirs et coiffes écrues s'éparpillaient déjà sur la pente, au milieu des bruyères et des ajoncs en fleur. De là, on dominait toute la Lieue de Grève. Le soleil était à peine levé, la mer se retirait et, à hauteur de la Roche-qui-tue, des casques et des épées étincelaient. Il montait de la baie une rumeur indéfinissable, clameurs et cliquetis d'armes.

D'où on était, on ne distinguait rien de précis. C'était l'inconvénient de se trouver hors de portée. On voyait juste qu'il y avait des hommes qui tombaient. Impossible de dire de quel camp. Une seule chose était certaine : on avait d'un côté la milice des *ligueurs* de Plestin commandée par le sieur Jan

Adam, et de l'autre une troupe de *royaux* – ceux de Lannion ou du château de Tonquédec, on ne savait trop. Peut-être les deux.

La mer avait évacué entièrement la baie, et les combattants semblaient s'essouffler. Depuis les hauteurs, on ne les quittait pas des yeux. En effet, le pire n'était pas la bataille, mais sa conclusion. Les vaincus se vengeaient en pillant tout dans leur retraite, les vainqueurs fêtaient l'événement en pillant tout dans leur triomphe. Bref, quel que soit le résultat, tout le monde payait.

— Je me demande pourquoi ils se battent, grommela le vieux Fanch. Avoir Henri de Navarre ou un autre comme roi, qu'est-ce que ça peut bien nous faire, à nous ? Ça ne changera rien à notre existence, on s'en moque comme de notre premier maillot !

Personne ne répondit. Le doyen du village souffrait trop de ses rhumatismes pour tenir vraiment à la vie. Seulement les autres n'étaient pas aussi téméraires ; un mot de plus ou de moins devant la mauvaise personne, et on finissait avec une épée en travers du corps, ou balançant au bout d'une corde, à servir de repas aux corbeaux.

La mer commençait à remonter quand il se passa quelque chose de nouveau : des hommes se mirent brusquement à courir vers le haut de la grève, apparemment pour se mettre à l'abri dans les bois entourant le Grand Rocher. C'est là qu'on remarqua qu'il restait beaucoup de combattants allongés sur le sable. On ne se battait plus. Les silhouettes encore debout allaient d'un corps à l'autre, peut-être pour sauver les blessés, plus probablement pour les dépouiller.

Sur la falaise, on essayait de déterminer le plus rapidement possible par où partaient les fuyards, quand un coup de tonnerre ébranla la baie. Il ne venait pas du ciel, mais du Grand Rocher. Il y avait un canon sur le Grand Rocher ! On tirait sur les vainqueurs !

Le canon tonna de nouveau, et les combattants restés sur la grève s'éparpillèrent.

— C'est la panique ! s'écria Fanch.

— Ma doué ! Ils fuient par ici !

Ce fut aussitôt la débandade sur les pentes. On se bousculait sur le sentier, il y eut des cris et des pleurs de gosses roulant au milieu des féroces ajoncs. On regagnait d'urgence sa maison. Le moment était crucial, surtout si ceux qui refluaient vers le village étaient les vaincus. Parce qu'ils seraient furieux, et que des vaincus furieux sont pires que la peste.

4

Mauvaise nouvelle

La cloche sonna interminablement, à la fois pour les morts de la grève et pour prévenir les vivants d'un danger imminent. On s'enfila au grand galop dans les rues. Les réserves de nourriture étaient cachées depuis longtemps sous les maisons, dans les jardins, mais les meubles et les outils de travail restaient exposés. Les volets se renforcèrent, les portes claquèrent, chacun s'arma, qui d'une fourche, qui d'un couteau de cuisine, qui d'une broche à rôtir, et on attendit.

Les ligueurs de Plestin, vainqueurs ou vaincus, ne viendraient sans doute pas par ici. En rentrant chez eux, ils pilleraient plutôt du côté de Saint-Efflam. Les royaux, en revanche, aussi bien de Lannion que de Tonquédec, risquaient fort de traverser Saint-Michel. S'ils étaient vainqueurs, il fallait protéger les tonneaux de vin et la vertu des filles ; s'ils étaient vaincus, le pire était à craindre.

— Les troupes de Tonquédec sont commandées par Pierre de Coatrédrez..., commença Lancelot.

— Pierre le Cruel ? s'effraya Bonie.

— Cruels, ils le sont tous, bougonna son père. À croire que le monde marche sur la tête.

— Saint-Michel est sur les terres de Coatredrez, insista Lancelot, il n'a aucun intérêt à le saccager.

— Seulement, chuchota Louise, au lieu des royaux de Tonquédec, on peut avoir affaire à ceux de Lannion. Ils sont commandés par le sire de Kergomar, et ne nous doivent rien.

Eder secoua la tête avec découragement :

— Donnez la moindre raison aux hommes de s'affronter, et ils déchaînent leurs plus bas instincts. Pire encore si, par hasard, ils s'imaginent défendre Dieu. Le défendre ! Et comment connaissent-ils Sa volonté, hein ? Je ne peux imaginer que Dieu souhaite qu'on s'entretue pour quelque raison que ce soit, et encore moins pour déterminer comment on doit l'honorer, à la manière des catholiques ou à celle des protestants.

Ils sursautèrent. On venait de frapper à la porte.

— Ouvrez ! cria une voix. Le danger est passé, les troupes sont parties vers Ploumilliau.

— Qui est là ? s'informa prudemment Eder.

— C'est le filotier de Morlaix.

Eder ne reconnaissait pas la voix du marchand de fil et, surtout, il n'avait pas entendu le pas caractéristique de sa mule. À cause de la cloche qui carillonnait sans discontinuer ?

Il glissa son regard par une fente du bois. Gilet à la mode de Morlaix, un peu trop serré sur un ventre rebondi, chemise de bon lin, cheveux gris tombant sur les épaules et grand chapeau noir..., c'était pourtant bien l'homme qui venait chaque mois apporter le fil à tisser et remporter les tissus ! Seul l'effroi avait modifié sa voix.

Eder débloqua la serrure en disant :

— Louise, mets donc la bouillie sur la table.

Et il ouvrit la porte.

Ôtant son chapeau, le marchand entra avec un soulagement évident. Il avait vraiment mal choisi son jour pour faire sa tournée !

Tout en puisant avec sa cuillère dans la jatte de bouillie, le filotier expliqua qu'il avait quitté Morlaix aux aurores, avec son chargement de fil de lin, sans se douter de rien. C'était en arrivant à Saint-

Efflam qu'il avait appris qu'on se battait sur la Lieue de Grève.

— J'ai voulu rebrousser chemin. Malheur de moi ! J'ai croisé les ligueurs de Morlaix, cinquante hommes au moins, avec le capitaine Moricquin et un canon. Ils se portaient au secours de leurs amis de Plestin. Énervés, qu'ils étaient. Parce que leurs chevaux avaient du mal à tirer le canon. Alors, ils m'ont pris ma mule pour aider. J'ai protesté, ils m'ont mis un couteau sur la gorge. À moi ! À moi qui suis de Morlaix tout comme eux ! Et en plus, par mesure de représailles, ils ont gardé mon chargement ! J'en étouffe de rage. Ils ne l'emporteront pas en paradis, je vais me plaindre au gouverneur de la ville.

Bonie n'écoutait que d'une oreille. À chaque cuillerée, elle récupérait le plus possible du beurre qui fondait au centre de la bouillie. Elle savait bien que ce n'était pas très honnête, mais tout le monde suivait si attentivement les paroles du filotier qu'il aurait été bête de ne pas en profiter.

— Vous avez vu ce qui s'est passé sur la grève ? interrogea Lancelot.

Le filotier le regarda du coin de l'œil. Il avait toujours trouvé les enfants du tisserand assez mal élevés : ils se permettaient de prendre la parole à table sans y avoir été invités.

Comme Eder n'intervenait pas pour remettre le garçon à sa place, le filotier finit par répondre :

— J'ai vu que les ligueurs de Plestin se repliaient dans les bois et que les royaux commençaient à détrousser les morts. Seulement, à ce moment, mes voleurs étaient arrivés au sommet du Grand Rocher avec leur canon. Boum ! Les royaux ont été pris par surprise et n'ont pu que s'enfuir.

Il soupira, comme s'il le regrettait.

— Vous êtes pour les royaux depuis que les ligueurs vous ont détroussé ? plaisanta Lancelot.

Le marchand rougit et lança un regard choqué vers le tisserand.

— Mon fils, gronda Eder, on ne pose pas pareille question.

Le filotier hésita un instant, puis rétorqua :

— J'ai signé pour la Ligue. (Il eut une petite grimace.) Celui qui ne signe pas est jeté hors de la ville comme un pestiféré. Ma famille habite Morlaix depuis cent cinquante ans. Alors je suis pour la Ligue.

Tout en promenant sa cuillerée de bouillie dans son bol de lait pour la refroidir, Bonie se demandait combien de temps il fallait vivre dans une ville pour être « pour le roi ».

— Finalement, s'informa Eder, ce sont les ligueurs qui ont gagné la bataille de la grève ?

— Si on veut, répliqua le marchand. Vu le nombre de morts qu'ils ont laissé sur le terrain, on ne peut pas appeler ça une victoire. Ceux qui sont allés les récupérer en ont compté une vingtaine dans leurs rangs, dont leur chef.

— Jan Adam est mort ?

— Apparemment. Il faut attendre pour en être sûr, vu qu'on n'a récupéré que des corps dénudés. Les royaux ne leur avaient rien laissé. Vêtements, armes, chevaux, tout avait disparu. À leur tour, les ligueurs ont dépouillé les royaux abattus. Ceux-là, leurs amis n'ont pas pu revenir les chercher avant la marée montante. Ils auront sans doute été emportés par la mer.

— La mer est un sombre tombeau, murmura Eder. (Il releva la tête.) Je connaissais un ligueur de Plestin. Comment s'appelait-il déjà ? (Il fit semblant de réfléchir.) Prat ? ... Oui, Prat. Était-il parmi les morts ?

— Ma foi, je ne sais. J'ai entendu les noms de Gargan et Cabon, mais je ne me suis pas attardé, croyez-moi.

Il y eut un silence. Lancelot donna un coup de sa cuillère sur la main de Bonie qui s'enfournait tout le beurre et lui adressa un regard furibond. Cependant, ils ne prononcèrent pas un mot, ni l'un ni l'autre. On n'étalait pas ses désaccords en public.

Bonie baissa les yeux et fixa son écuelle. Elle s'en fichait, il ne restait presque plus rien dans la jatte. Puis elle songea que la gourmandise était un des sept péchés capitaux – les péchés les plus graves, ceux qui vous précipitaient en enfer – et qu'elle devrait se confesser...

Ça, ça l'embêtait vraiment. Maintenant que tout avait disparu dans son estomac, elle avait des remords mais, comme aurait dit Louise, il n'était plus temps de fermer le clapier quand les lapins avaient filé. Il fallait tenir ses bonnes résolutions, et non pas se contenter de regretter les mauvaises. Sauf que ça, c'était dur.

— Morlaix est en état de siège, poursuivait le filotier. Plus moyen d'entrer ou de sortir sans avoir juré fidélité à la Ligue. Et impossible de tricher : la ville est mieux gardée que le trésor royal... À nos frais, bien entendu. Pas un jour où l'on ne doive verser de l'argent pour fortifier les murailles, renforcer les portes, payer des défenseurs. Sans compter qu'on doit se mettre en armes à la moindre alerte.

— Même les simples habitants ? s'étonna Louise.

Le pire, dans cette famille, c'est que les filles se

permettaient aussi de prendre la parole. Le filotier soupira :

— Tout le monde. Sauf les filles évidemment. (Il accentua sa grimace de mépris.) Celui qui ne le fait pas est considéré comme un ennemi de la ville. La vie devient difficile...

— Et personne ne proteste ? interrogea Eder.

— Malheureux ! « Il est interdit de murmurer contre les chefs, sous peine de mort. »

Le filotier s'empourpra soudain et regarda vers les jeunes d'un air terrifié.

— Je n'ai pas dit du mal des chefs, hein ?

— Non, rassura Eder, vous regrettez seulement que la vie soit difficile à cause de l'état de guerre.

— Exactement. Ceci fait que je n'ai pas pu vous apporter mon fil. (Il n'osa même plus critiquer les ligueurs de Morlaix qui le lui avaient volé.) Quel malheur !

Eder hocha la tête, préoccupé. Si le filotier était à plaindre, lui aussi. Combien de temps tiendrait-il avec le lin qui lui restait ?

Pour faire oublier ses imprudentes paroles (juste dues à l'émotion de ce qui venait de lui arriver), le filotier se leva et alla examiner un rouleau de toile posé sur l'étagère.

— Travail soigné... Vous êtes toujours le meilleur, Laurégan.

— C'est une crée de trois quarts d'aune[1] de large, mille trois cents fils, comme c'est la règle. Vous pouvez l'emporter.

— L'emporter ? (Les poings du filotier se crispèrent.) Comment le ferais-je ? Je suis à pied, contraint et forcé, et cent aunes de toile, ça pèse. Pourtant, des crées, on en a grand besoin. Maudite guerre qui nous étrangle ! Un bateau part en fin de semaine pour l'Angleterre avec une livraison, et il risque d'être presque vide. Je peux juste prendre vos petits rouleaux, là.

— Ils ne sont pas à vendre, hélas, répondit Eder. Je les réserve à la famille. Quand reviendrez-vous prendre la livraison ?

— Ma foi... Je ne suis plus tout jeune, et les routes ne sont pas assez sûres pour moi. Il faudra que vous alliez vous-même l'apporter à Morlaix.

Eder le considéra avec des yeux ronds.

— Si je livre personnellement, je perds beaucoup de mon temps de travail, et nous avons déjà bien du mal à survivre.

— Vous aurez encore plus de mal si vous ne vendez pas vos crées.

— Mais je ne possède pas de passeport pour la ville, protesta Eder, de plus en plus oppressé.

---

1. 90 cm de large pour le tissu de lin appelé « crée ».

— Vous en aurez un, répliqua le filotier. Il suffit de jurer d'être fidèle à la Ligue, c'est tout.

— C'est tout, répéta lentement Eder en hochant la tête.

Il n'irait pas à Morlaix. Il n'irait pas.

5

Les fils du cordier

Le marchand ne repartit que le lendemain, quand on fut à peu près sûr que les combattants étaient rentrés chez eux panser leurs plaies. Il eut à peine tourné le dos que Bonie demanda :

— Les petits rouleaux, c'est pour me faire une nouvelle chemise ?

— Tes oreilles ont encore joué de la corne de brume, se moqua Lancelot. Papa a dit « à la famille ».

— En attendant, intervint Eder d'un ton soucieux, je me demande comment on va faire pour les crées.

— Je peux aller à Morlaix, moi, proposa Lancelot.

— Sûrement pas. C'est loin, et je ne te laisserai pas sur les routes par les temps qui courent. Le malheur est que je comptais sur le paiement de la toile...

Bonie eut une petite crispation du visage. Ce genre de phrase signifiait qu'on ne mettrait plus de beurre dans la bouillie. Parce que le beurre, ça coûtait cher.

— Pour le repas, allons chercher des coques sur la grève, proposa Louise. La mer est basse.

Tout le monde s'extasia que les coques, c'était très bon juste avec du pain. Et, du pain, on en avait. Seule, Bonie ne put dissimuler une petite moue. L'émotion envahit Eder. Quels enfants merveilleux Dieu lui avait donnés ! Prêts à tout pour ne pas lui causer de soucis ! Bien sûr, Bonie était encore jeune et n'arrivait pas à jouer parfaitement la comédie... Sa trop visible déception lui serra le cœur.

Tandis que les jeunes revêtaient de vieux vêtements (l'eau salée brûlait terriblement les tissus) Eder descendit vers la mer. Il allait d'abord se rendre compte s'il n'y avait pas de danger.

Au débouché du passage, trois femmes discutaient avec animation. En temps ordinaire, il ne se serait pas arrêté, et les bavardes ne l'auraient pas remarqué mais, depuis que le sang avait coulé sur la grève, l'angoisse distillait son poison, et on avait besoin de se serrer les coudes.

Les femmes s'interrompirent brutalement, puis, voyant à qui elles avaient affaire, reprirent leur débat.

— À Plestin, dit la couturière, ils ont la trouille, maintenant. Il paraît qu'ils ont acheté des armes et deux petits canons. Des espingoles, qu'ils appellent ça.

— Sûr que les royaux vont chercher à se venger, assura la servante de l'auberge. Ils ont déjà tout ravagé sur leur passage en rentrant à Tonquédec. Une chance qu'ils n'aient pas pris par ici ! Mon Dieu, faites que cette guerre s'arrête !

— Aussi, pourquoi que ces maudits hérétiques sont venus semer la pagaille ? grogna la repasseuse de coiffes. C'est une honte !

— Quels que soient leurs torts, remarqua Eder, ce ne sont pas les protestants qui ont déclaré la guerre aux catholiques, mais l'inverse.

— On ne peut quand même pas laisser un roi hérétique monter sur le trône ! s'emporta la couturière. Un roi qui croit qu'on n'a pas besoin de messe, et que les prêtres peuvent se marier. C'est scandaleux !

— On voit de drôles de choses, soupira Eder. Enfin... Il faut remarquer que les « prêtres » dont il est question n'en sont pas tout à fait. Ils sont juste « pasteurs », et se contentent de réunir les fidèles pour lire la bible.

— On n'a pas le droit de lire soi-même la bible ! s'ébahit la servante. On pourrait la comprendre de travers, le recteur l'a dit.

— Et le pire, renchérit la repasseuse, c'est qu'ils prétendent que les « indulgences » ne valent rien, qu'on ne peut pas acheter son paradis avec de l'argent ! Eh ben moi, je préfère payer et ne plus avoir de péchés sur la conscience. Voilà. Moins on fait de purgatoire, mieux ça vaut.

— Bien sûr, plaisanta Eder, ce qui nous arrange est sûrement la vérité.

Les trois femmes le regardèrent d'un air déconcerté, et Eder enchaîna rapidement :

— Et ils disent que le pape n'a imaginé de vendre ces indulgences que pour se construire une belle église à Rome. C'est effectivement scandaleux.

Les femmes approuvèrent vivement de la tête. Ce n'est qu'au moment où Eder s'éloignait pour entrer au cimetière, qu'elles se demandèrent si elles avaient bien saisi ce qu'il voulait dire, et à quoi se rapportait « scandaleux ».

On avait beaucoup d'estime pour le tisserand, qui savait lire et écrire, mais on ne comprenait pas toujours ce qu'il pensait. Il était trop intelligent, sans doute. Et puis, il parlait le breton avec un accent français à écorcher les tympans.

— Il va sur la tombe de sa femme, commenta enfin la servante. Celui-là était un bon mari...

Et son ton laissait supposer que le sien n'était pas du même bois.

Eder ne se rendait pas sur la tombe de sa femme, il traversa le cimetière jusqu'au muret de clôture qui surplombait la mer. De là, on dominait la baie depuis les falaises toutes proches de Trédrez jusqu'à Locquirec, qu'on apercevait au loin, à gauche. Les petites vagues grises, festonnées d'écume, se couraient après comme si elles étaient pressées de venir mourir sur le sable.

On ne voyait plus rien du côté du Grand Rocher. Imperturbable, la mer avait fait le ménage, ne laissant aucune trace du carnage de la veille. On sentait toutefois que la situation restait tendue, car personne ne circulait sur la route de la Lieue de Grève. La croix qui en marquait le milieu semblait terriblement solitaire.

On racontait qu'une cité autrefois florissante dormait sous ces sables. On l'appelait Lexobie.

Elle s'étendait aussi loin que portait le regard, depuis Le Yaudet jusqu'à Locquirec. Personne n'avait jamais vu une cité d'une telle ampleur, et sans doute exagérait-on. On disait aussi que, certaines nuits de Noël, elle remontait à la surface de l'eau, et quelques vieilles au village affirmaient avoir vu ses murailles. Mais possible que, pour fêter Noël, elles aient bu de ce vin de Gascogne qui tapait si fort sur la tête.

Ce qui était sûr, c'était que la mer mangeait chaque année un peu plus la terre. Quand Eder était arrivé ici, quinze ans auparavant, elle ne montait pas si haut, les courants étaient différents, les bancs de sable à d'autres endroits... Il trouvait ça assez effrayant. D'ailleurs, la mer lui avait toujours paru très inquiétante. Pourquoi s'était-il fixé ici ?

Parce que le jour où, au bout de tant de peines, sa femme et lui étaient arrivés sur la petite place de Saint-Michel, ils avaient été profondément émus par la beauté des lieux. Ils avaient alors su qu'ils étaient chez eux, qu'ils poseraient là définitivement leur sac. Ça ne s'expliquait pas.

Eder rentra rapidement à la maison, distribua les paniers de pêche et mille et un conseils : il fallait rentrer au plus vite à la moindre apparition d'hommes en armes et, surtout, surveiller la mer, pour retraverser la rivière avant que la marée montante n'engloutisse le gué.

Ses enfants se moquèrent gentiment de lui. Les dangers de la baie, ils les connaissaient, ils étaient nés ici !

Eder rit aussi, ce qui ne l'empêcha pas de les regarder partir d'un œil inquiet. Les gens avaient peut-être raison de dire qu'il les couvait trop...

Non, ils n'avaient pas raison. Ce n'était pas parce que Dieu donnait ou reprenait les enfants à son gré, qu'il ne fallait pas s'y attacher. Il refusait de leur laisser courir tous les dangers sous prétexte de les aguerrir. Il y avait des limites. Lui croyait que Dieu lui avait confié ses enfants pour qu'il les aime et les protège.

Les trois Laurégan n'étaient pas seuls sur la grève. En dehors des habituels traqueurs de coquillages, il y avait les deux fils du cordier.

— C'est les cacous, souffla Bonie avec une petite crispation des épaules.

Les cacous, personne ne les fréquentait. C'étaient des gens habités par une affreuse maladie, la lèpre, qui leur mangeait les doigts, les mains, le nez. C'est pour ça qu'ils habitaient en dehors du village. On ne les apercevait guère qu'au loin, sur la grève, ou à la messe, où ils se tenaient discrètement au fond de l'église. Bien qu'elle les ait souvent observés, Bonie n'avait rien trouvé de particulier à leur nez ni à leurs doigts.

— Ne fais pas cette tête-là, s'amusa Louise. Ils ne sont pas malades ; ce sont juste leurs ancêtres qui avaient la lèpre, pas eux.

Elle parlait avec détachement mais, à la vérité, elle s'en méfiait, comme tout le monde. Elle avait beau se raisonner, elle n'aimait pas les rencontrer. Une fois, son père l'avait envoyée chez le cordier acheter une longe pour la vache, et elle s'était ridiculisée en la laissant tomber quand il la lui avait tendue. Elle avait terriblement honte en y repensant. Depuis, elle le saluait toujours aimablement pour essayer de compenser. Cependant elle s'en approchait le moins possible.

Pourtant, il était dit que ce jour-là ne serait pas un jour comme les autres.

Selon leur habitude, les deux gamins devaient chercher des bouts de cordages ramenés par la mer. Le cordier les défaisait pour les retravailler, car il était trop pauvre pour acheter du chanvre neuf. Par charité, Eder lui donnait souvent des fils, même de lin, inutilisables en tissage.

Curieusement, pour la première fois de leur vie, les deux enfants vinrent vers eux, et le plus grand, qui devait avoir dans les dix ans, prit la parole :

— Notre père est malade.

Les Laurégan, un peu tendus, s'imaginèrent aussitôt qu'il avait la lèpre, mais le garçon précisa :

— Il tousse et il crache du sang.

Se rappelant soudain que ces enfants n'avaient plus de mère, Louise répondit avec compassion :

— Il faudrait lui donner des infusions de plantes.

— Les plantes n'y font rien. La seule chose qui pourrait le sauver, c'est qu'on rapporte la baguette.

— Quelle baguette ? demanda Lancelot.

Le garçon le regarda d'un air grave. Il était malingre, avec de grands yeux noirs qui lui mangeaient le visage et lui donnaient un air presque adulte. Son petit frère – six ans au plus – se serrait contre lui en leur lançant des coups d'œil timides. Il ressemblait étrangement à son aîné, en plus chétif, et sans cette force qu'on devinait chez l'autre.

— La baguette de la grotte.

Les Laurégan ouvrirent de grands yeux. Cette baguette, le sceptre de l'ancien roi de Lexobie, se trouvait dans son palais souterrain, quelque part à l'intérieur des falaises qui fermaient la baie. On s'intéressait généralement plus au reste de la ville, enfoui sous le Grand Rocher, car pénétrer dans le palais était extrêmement dangereux. Il ne s'ouvrait qu'à la Pentecôte, où un rocher roulait de côté pour découvrir un escalier s'enfonçant dans les entrailles de la terre.

— Est-ce que vous savez par où on y entre ? demanda le garçon sans oser soutenir leur regard.

Lancelot et Bonie lancèrent un coup d'œil à Louise. C'était à elle de parler, puisqu'elle était l'aînée.

— Personne ne le sait, répondit la jeune fille. Certains disent même qu'elle ne se trouve pas ici, mais du côté de Saint-Efflam.

Les enfants parurent désemparés.

— De toute façon, c'est dangereux, avertit Louise. La baguette est suspendue dans la dernière salle du palais, la plus lointaine, et il faut être ressorti de la grotte avant le douzième coup de minuit.

— Nous le savons, coupa le garçon. Après, le rocher se referme et on reste prisonnier.

Pour la première fois, son frère ouvrit la bouche :

— Dans la première salle du palais, il y a des coffres pleins d'argent. Dans la deuxième, des coffres pleins d'or. Dans la troisième, des coffres pleins de perles. Dans la quatrième, des diamants...

Louise intervint :

— Il ne faut rien prendre de ces richesses. Rien.

Ni argent ni or ni perles ni diamants. Ils sont juste là pour vous tenter.

— Nous n'avons besoin ni d'or ni d'argent.

— Et dans la dernière salle, reprit Louise, il y a cent jeunes filles plus belles les unes que les autres qui vous offrent des boissons merveilleuses pour vous faire oublier le temps qui passe. Ne les regardez pas, ne buvez pas. La baguette de noisetier est suspendue derrière elles.

— Je la prendrai, déclara le garçon d'un ton volontaire, et elle guérira mon père.

Louise secoua la tête d'un air incertain, puis elle se pencha pour ramasser les coques qui, surprises par la vitesse de la marée descendante, s'étaient laissé piéger hors du sable.

Seulement le regard désespéré du garçon la poursuivait. Tourmentée, elle finit par se redresser et, désignant la pointe de Beg-ar-Forn :

— Méfiez-vous aussi des korrigans qui vivent dans la falaise.

Noirs et velus, ils ne mesuraient qu'un doigt de haut mais, quand le vent soufflait, ils dansaient en jouant de la musique, et le claquement de leurs sabots résonnait dans toute la baie. Et celui qui entendait la musique pouvait trembler, car elle l'envoûtait. Il s'approchait, se mêlait à la danse, et alors il était perdu. Il devait tourner sans s'arrêter jusqu'à l'épuisement, jusqu'à en mourir.

Et puis, ces malfaisants s'y entendaient pour embrouiller les lignes des pêcheurs, vider les casiers, trouer les filets, couper les amarres des bateaux, soulever les tempêtes. Les marins se noyaient, les barques se fracassaient contre les rochers...

— Ils ne nous font pas peur, déclara l'aîné en fixant le sol. Et il faut qu'on sauve notre père.

Sa voix s'était enrouée. Le petit leva la tête vers lui et déclara solennellement :

— Nous trouverons la baguette. J'irai avec toi.

— Non, protesta son frère. Tu ne t'en mêleras pas, c'est trop dangereux. Et à quoi ça servirait ?

Se tenant par l'épaule, ils s'éloignèrent en poursuivant leur discussion.

Les Laurégan les regardèrent partir, vaguement inquiets. Beaucoup avaient cherché le palais et n'étaient jamais revenus.

Ils finirent de ramasser les coques sans un mot.

Comme ils rentraient à la maison, ils aperçurent sur le bord de la fenêtre un petit paquet enveloppé de toile, et ils oublièrent les fils du cordier.

6

Un mystérieux paquet

Étonnant qu'il soit là, ils n'avaient pas entendu la charrette cette nuit !

Car le miracle du petit paquet de toile se produisait régulièrement, et il était toujours annoncé, vers les minuit, par un grincement lugubre. On disait que c'était la charrette de l'Ankou et, au village, on en avait très peur. Car l'Ankou, c'était la mort. Quand on entendait grincer les roues, on savait qu'une âme allait s'envoler. Alors on se calfeutrait vite chez soi pour ne rien voir, sinon on risquait de mourir aussi.

Cette nuit, l'Ankou avait eu fort à faire avec les

âmes des combattants de la grève et n'était pas venu par ici. Pourtant, il y avait le paquet. C'était à n'y rien comprendre.

D'ailleurs, les Laurégan ne saisissaient pas non plus pourquoi l'Ankou – dont la fonction était de moissonner les âmes – leur laissait, à eux, un cadeau.

Comme d'habitude, la toile était sale et usée, sans doute pour ne pas attirer l'attention. Eder prétendait qu'il s'agissait d'un règlement effectué par un client, mais Louise était persuadée que c'était faux, que ces paquets avaient quelque chose à voir avec Bonie. Car ils étaient apparus avec elle. Louise croyait aussi que son père savait pertinemment qui les déposait, et pour quelle raison.

Elle déplia la toile. Il y avait là une bourse de cuir bleu contenant plusieurs pièces d'argent. Si la présentation ne changeait jamais, la bourse et son contenu différaient à chaque fois.

— On va pouvoir acheter du beurre ! s'exclama gaiement Bonie.

Louise souleva entre deux doigts la bourse de cuir pour la montrer à son père qui arrivait. Celui-ci la saisit et, sans un regard pour son contenu, la glissa dans sa poche. Puis il soupira :

— J'ai fait la tournée de tous les filotiers du coin. Il n'ont plus le moindre fil de lin. Tout ce qui restait de la récolte de l'an dernier a été volé par les pillards des deux bords.

— Si nous manquons d'argent..., commença Louise en désignant la poche où son père avait caché la bourse.

— Tatata, coupa Eder. Ceci est le paiement de dettes en retard, et je le mets de côté pour mes filles. Pour leur offrir une dot quand elles se marieront. Car, bien que je n'aie pas hâte de vous voir partir, mes colombes, je sais que vous vous marierez un jour et je ne veux pas que vous ayez l'air de pauvresses.

Bonie haussa les épaules d'un air bougon, Louise rosit.

Eder ne fit aucun commentaire. Sa Louise n'aurait aucun mal à trouver un époux, elle était la plus jolie fille de la paroisse et, depuis longtemps, les garçons lui tournaient autour. Beaucoup trop.

— J'espère qu'on ne devra pas attendre la foire de Pentecôte pour avoir du lin, reprit-il. Je propose que Lancelot aille voir à la buanderie s'il n'en resterait pas. Même du lin non blanchi. Péronnelle me fera crédit. Il me faudra alors sept ou huit fileuses pour le travailler, et je peux déjà compter sur ma Louise.

— Sur moi aussi, intervint vivement Bonie.

— Toi aussi, ma petiote, acquiesça Eder. Ça me fait déjà deux fileuses.

— Une un quart, rectifia Lancelot. Tu es aussi adroite avec une quenouille qu'un crabe avec un couteau.

Sa petite sœur se jeta sur lui et tambourina contre sa poitrine avec les poings. Lancelot se tordit de rire.

— Arrêtez de vous chipoter, lança leur père en tentant de garder son sérieux. Je vois parfaitement bien que vous essayez de couper à vos leçons !

À cause des troubles, on avait dû fermer la petite école (personne ne voulait mettre les gamins en danger sur les routes), et Eder faisait lui-même les cours à ses enfants.

— Oh ! lâcha Lancelot d'un air moqueur en parant les coups de Bonie. Avec toi, ce serait se fatiguer pour rien. On n'a plus d'illusions !

*

Lancelot avançait prudemment, à pas mesurés pour que ses sabots ne claquent pas dans le silence de la vallée. Il regardait sans cesse à droite et à gauche. Les talus, les collines et les vallons qui émaillaient le pays empêchaient de voir au loin et, par endroits, les bois étaient si sombres que ça vous flanquait la chair de poule. N'importe qui pouvait se dissimuler n'importe où, pour vous sauter dessus.

Heureusement, les ligueurs et les royaux étaient occupés à enterrer leurs morts, ça les calmait momentanément.

Il avait suivi le cours du Kerdu et, en retenant son souffle tout du long, remonté le chemin creux qui grimpait sur la colline. Aussi, en arrivant sur le plateau, près du hameau de Kerhuel, il se sentit vraiment mieux. Ici, la vue était dégagée, on voyait loin, c'était comme un autre pays.

Le premier champ, en haut du chemin creux, appartenait aux Philippot – qu'on appelait ainsi parce qu'ils se transmettaient ce prénom de père en fils. À l'entrée, était plantée une croix faite de deux branches de noisetier. On y avait accroché un rameau de buis bénit, ça protégeait doublement le champ contre les dangers de la terre et du ciel. Prudence paysanne.

Il jetait au passage un coup d'œil sur les petites pousses d'un vert tendre, quand il aperçut son copain Philippot le Jeune, qui se relevait en remontant précipitamment ses bragou[1].

---

1. Pantalon large s'arrêtant au genou.

— Tiens, Lancelot ! lança celui-ci d'un air gêné. Je vérifiais la température de la terre...

— C'est tes fesses qui te disent si elle est assez chaude pour ton lin ? rigola Lancelot.

Philippot leva un doigt sentencieux :

— Parfaitement. (Il posa ses deux mains sur son postérieur rhabillé). J'ai la fesse très sensible.

— Je vois, plaisanta Lancelot. C'est la prunelle de tes yeux, quoi.

— Tout juste. Elle m'indique en même temps la température du sol et son humidité. Et, ça, il faut le mesurer sans arrêt, parce que le lin, c'est très sensible. Trop chaud, trop froid, trop humide, trop sec, et il boude. Mais moi, je le connais ! (Il se mit à chuchoter, comme pour un secret.) J'ai semé une nouvelle variété : de la *linette* des Flandres. On a acheté les graines à prix d'or à Roscoff. Elle demande moins de travail, moins d'engrais, et pousse beaucoup plus haut. J'ai hâte de voir ça... Regarde, qu'est-ce que tu remarques ?

Lancelot ne partageait pas la passion de son ami pour le lin, néanmoins il s'avança... Aïe ! il avait donné un coup de sabot dans la croix de noisetier et arraché toute l'écorce en bas. Par chance, Philippot, admirant son champ, n'y prit pas garde ; il aurait été immédiatement persuadé que ça porterait malheur à son lin.

Lancelot observa vite l'étendue verte. Les tiges avaient à peine la taille d'un doigt. S'il n'y avait pas de lin à la buanderie et qu'on devait attendre que le nouveau mûrisse...

— Vous n'êtes pas près de récolter, répondit-il.

Philippot eut un geste agacé.

— C'est pas ça qu'il faut remarquer. Tu ne vois pas comme il est semé bien régulier ? C'est moi qui ai fait ça tout seul. Neuf graines par sabot de cheval.

— Tu les as semées dans des sabots de cheval ? s'ébahit Lancelot pour le faire enrager.

Philippot prit l'air excédé. Le sabot était juste une image, pour indiquer une surface. Lancelot poursuivit d'un ton trop admiratif :

— C'est vrai. C'est semé drôlement régulier. Aussi régulier que les poils de Péronnelle dans l'échancrure de son corsage.

Là, Philippot renonça à se fâcher, et ils pouffèrent tous les deux.

Philippot suivit des yeux Lancelot, jusqu'à ce qu'il disparaisse. Il avait pour projet de grimper dans un arbre pour vérifier de haut que son lin poussait uniformément, et il ne voulait pas que son ami le sache ; sinon, il aurait ri encore plus. Lancelot n'était pas un mauvais gars mais, rien à faire, il ne pouvait pas s'empêcher de se moquer. Philippot ne lui avouerait jamais non plus qu'il parlait à son lin.... (Le lin, il aimait ça, il était sensible, et le fils du tisserand était incapable de le comprendre.) Il venait aussi chaque matin évaluer la hauteur des pousses par rapport à la croix qu'il avait plantée. Contrairement à ce que les autres imaginaient, elle n'était pas là uniquement pour que Dieu protège son champ.

Sacré Philippot ! songeait Lancelot en redescendant la colline. Il parlait même à son lin. Si, si ! Il l'avait surpris un jour...

N'empêche, il n'y avait pas de plus beau lin que celui des Philippot. Alors, peut-être que de parler aux plantes, ça marchait. Lui, il parlait bien aux coquillages quand il les pêchait, à son métier quand il tissait, et à sa navette quand elle s'accrochait bêtement aux fils de chaîne. Enfin, il l'engueulait, quoi ! Il n'était pas doué de patience. Il n'aurait jamais eu celle de regarder pousser le lin.

Ça tombait bien, personne ne le lui demandait.

Il coupa à travers champs vers le ruisseau du Roscoat et la buanderie, un bâtiment tout en longueur installé au bord de l'eau. Aucune fumée ne sortait de la cheminée, ce qui était mauvais signe.

Lancelot regarda autour de lui avec méfiance. On ne voyait personne. La porte était même fermée.

Il frappa.

Aucune réaction. Il entrouvrit la porte. Une odeur de lin et de cendre le prit à la gorge et, pourtant, la buanderie était déserte et le feu éteint. Il n'y avait plus aucun chaudron. Les auges de pierre où l'on versait l'eau chaude étaient vides, les étagères étaient vides, le grenier au-dessus était vide. Seuls les tonneaux de bois contenaient encore la cendre de hêtre qui servait au blanchiment.

La porte claqua violemment derrière lui et il se retourna d'un bond. Péronnelle, la blanchisseuse, se tenait là, bien campée sur ses deux pieds, un gros bâton à la main, avec le visible projet de lui casser la tête. Il n'eut plus la moindre envie de se moquer de ses poils superflus.

— Mon père m'envoie voir euh... s'il vous reste du lin, bafouilla-t-il. Blanchi ou non...

Péronnelle le reconnut enfin, mais elle ne se détendit pas pour autant.

— Du lin ! hurla-t-elle comme s'il voulait l'égorger. Ils m'ont tout pris ! Ils m'ont tout pris ! Tout ce qui restait ! Tu ne le vois pas ?

— ... Qui ?

— Les royaux ! Qui veux-tu ? Ils sont passés par là en rentrant chez eux, et ils étaient enragés.

— C'est qu'ils ont été battus au Grand Rocher...

— Qu'est-ce que ça me fait, à moi ? C'est une raison pour voler les gens ? J'en ai marre, de leur guerre. C'est jamais ceux qui se battent, qui souffrent.

Bien qu'il ne porte pas les soldats dans son cœur, Lancelot faillit faire remarquer qu'il y avait tout de même eu des dizaines de morts sur la grève. Des combattants. La blanchisseuse n'étant pas en état de l'entendre, il préféra saluer prudemment et s'éclipser par la porte du fond.

Son cœur battait à se rompre, il avait eu une frousse de tous les diables, et c'est avec soulagement qu'il se renfila dans les chemins creux.

Lui qui, dans ses rêves, combattait vaillamment des chevaliers noirs et même le dragon du Grand Rocher, s'était senti les jambes flageoler à cause d'une femme armée d'un bâton. D'une femme très forte, il fallait le préciser. Et plus poilue qu'un homme. Et le bâton était aussi un sacré gourdin...

N'empêche, il revenait sans une bribe de lin et, sous peu, son père se trouverait en difficulté. Que faire ? Son idée, à lui, était d'aller à Morlaix. La blanchisseuse l'avait pris par surprise, mais il n'était pas un trouillard. Non. Pas un trouillard, il allait le démontrer sans tarder. Il allait embarquer discrètement le rouleau de crée, et en route ! Il n'avait pas son pareil pour se glisser dans les chemins discrets... Le temps que son père comprenne où il était, il serait revenu avec l'argent et du nouveau fil à tisser. Eder ne pourrait alors que lui pardonner.

D'ailleurs, il aimait Morlaix, son vaste marché aux toiles bourdonnant d'activité, son port avec tous ces bateaux. On le laisserait entrer, il était trop jeune pour qu'on l'oblige à jurer fidélité à la Ligue.

Oui... Pas si sûr. Et, Morlaix, c'était à six lieues. Difficile de faire l'aller et retour dans la journée...

Il pensait à tout ça en arrivant au Kerdu. À cet endroit, les rives, envahies par les buissons, étaient impraticables. Il ôta donc ses sabots, les accrocha à son épaule par les ficelles, et entra dans l'eau. Autant en profiter pour repérer les truites. Le problème, c'était que la pluie était tombée à seaux dans la nuit et que l'eau, pressée d'arriver à la mer, galopait comme un cheval fou. Les poissons s'étaient planqués...

Soudain, au milieu des vrombissements du courant qui bondissait par-dessus les pierres, il entendit un drôle de cri. Les pentes étant couvertes d'ajoncs, il crut que c'étaient des âmes des morts, vu qu'elles passaient là leur temps de purgatoire. Il esquissait en vitesse un signe de croix quand il aperçut un gros objet coincé entre les pierres.

7

Un de plus

Lancelot rentra à la maison en ébullition. Sous le bras, il portait un panier d'osier à moitié percé.

— Il était bloqué par les cailloux de la rivière, expliqua-t-il en le déposant sur la table. Il aurait pu se renverser, heureusement que je suis arrivé à temps.

On en oublia que Lancelot n'avait pas rapporté de lin. On se pencha sur le panier pour observer son occupant. C'était un nourrisson, une minuscule réduction d'être humain posé sur un matelas de goémon. Il s'était calmé, comme s'il savait qu'il avait trouvé un abri.

Cela leur rappelait à tous une autre arrivée... Enfin, à tous sauf à Bonie, bien sûr, qui n'en savait rien.

Parce que Bonie avait été déposée à leur porte dans un panier de ce genre (en beaucoup plus solide) un matin de juillet, il y avait presque sept ans.

Lancelot remarqua que son père semblait pris de court. Or, à l'arrivée de Bonie, il n'avait pas paru surpris. Lancelot avait même eu l'impression qu'il savait déjà qui était l'enfant. En tout cas, pas la fille d'un indigent puisque, dans le panier qui lui servait de berceau, il y avait une bourse pleine d'argent.

Bon sang ! Il réalisait soudain que ce petit paquet de toile ressemblait tout à fait à ceux qu'ils recevaient depuis !

Il n'y avait pas de paquet, cette fois, et l'enfant ne portait aucun vêtement. C'était un garçon. Un nouveau-né : le cordon ombilical n'était pas encore tombé.

Louise courut chercher dans le coffre une petite couverture douce, la posa sur lui et le souleva dans ses bras en prenant soin de le garder bien couvert.

— On pourrait l'appeler Perceval, proposa aussitôt Lancelot en se rappelant que c'était Louise qui avait choisi le prénom de Bonie (en réalité « Bonaventure »).

— Deux chevaliers de la Table ronde ! s'exclama son père avec une admiration amusée.

— Tenez-vous bien, les dragons ! menaça Lancelot.

— Ah non ! s'exclama Bonie. Moi je veux Richard.

— Des clous ! lâcha Lancelot. C'est à mon, tour, pour le prénom. Ce sera à toi de choisir si on trouve un troisième gamin.

— Un troisième ? s'étonna Bonie.

Louise et Eder foudroyèrent Lancelot du regard.

— Eh bien oui, rectifia vivement le coupable. Perceval est le deuxième enfant trouvé au village cette année. Tu ne te rappelles pas celui de l'église, cet hiver ? (Il poursuivit pour empêcher Bonie de réfléchir.) Il a été mis chez les enfants trouvés, à l'hôpital. Mais cette fois, c'est moi qui l'ai découvert, alors on ne va pas le laisser tomber. Parce que la vie des orphelins, ce n'est pas drôle, je te le garantis. Moins hauts que toi, ils doivent déjà travailler.

— Moi aussi, je travaille ! protesta Bonie. Je remue la bouillie.

— Ouais, pour en piquer !

— Ne vous faites pas trop vite des idées, coupa Eder. Sa mère peut avoir des regrets et revenir le chercher.

— On l'a trouvé, il est à nous ! se rebiffa Bonie.

— Bonie, un enfant n'appartient pas automatiquement à celui qui le découvre.

— Ce n'est pas comme les coques, plaisanta Lancelot.

— Pourquoi ? On prend bien les nouveau-nés qu'on trouve sur la grève !

— Ah oui... sur la grève ! s'exclama Lancelot en se retenant de rire.

Lui aussi, jusqu'à ses sept ans, avait cru que les enfants étaient apportés par la mer, et que seuls les hommes mariés pouvaient les ramasser. La petite sœur de Philippot, elle, se figurait qu'ils naissaient dans les choux. Chacun son univers.

— Mais on ne l'a pas trouvé sur la grève, ajouta-t-il, alors c'est différent.

— Pourquoi il était dans le ruisseau ? Un père l'a ramené de la grève, et sa femme n'en a pas voulu ?

Eder n'écoutait pas. Il songeait que ça faisait une bouche de plus à nourrir, qu'il faudrait dénicher une nourrice et qu'il était bien vieux pour prendre en charge un si petit enfant... Cependant, l'idée ne l'effleura même pas de chercher au village quelqu'un d'autre pour le recueillir.

— Il me semble solide, dit-il enfin, et il a eu la

chance de naître par temps doux. Il devrait survivre. Bonie, je crois que tes langes vont resservir.

— Oh oui ! cria sa fille en courant les chercher dans le coffre.

Louise choisit un linge fin, l'étala sur le lit et posa le nouveau-né dessus. Elle nettoya son nombril, qu'elle protégea ensuite d'une bande de lin, puis elle l'enveloppa de la tête aux pieds dans un lange de laine, laissant juste son visage découvert.

— C'est moi qui mets la bande ! s'exclama Bonie.

— Une autre fois, répondit Louise. Regarde déjà comment on s'y prend. Je croise le lange devant pour maintenir les bras et les jambes bien serrés. C'est pour que Perceval ait les membres bien droits en grandissant. Ensuite...

Elle saisit une longue bande de lin et, s'appliquant trop pour poursuivre ses commentaires, elle la croisa et recroisa du bas en haut, transformant le nourrisson en un paquet soigneusement ficelé.

— Parfait, admira Eder.

— Je n'ai pas trop oublié depuis Bonie, tu vois ! s'exclama gaiement Louise.

— Parfait, répéta Eder. Maintenant, écoutez-moi. Si cet enfant reste avec nous, il devient mon fils et votre frère. À tout jamais. Alors vous ne lui direz jamais la vérité, c'est entendu ? Je vais vous demander de le jurer. Tu sais ce qu'est « jurer », Bonie ?

— C'est que, si on ne fait pas ce qu'on a promis, on va en enfer.

— Griller comme des saucisses, commenta Lancelot. Avec toute la graisse qui dégouline...

— Lancelot, soupira Eder, au lieu de dire des bêtises, fais donc comme nous...

Et il étendit la main au-dessus du panier où l'on avait recouché le nouveau venu. Par ordre d'âge, ses enfants posèrent alors leur main sur la sienne. D'abord Louise, puis Lancelot et enfin Bonie.

— Je jure de ne jamais lui révéler qu'il est un enfant trouvé, prononça Eder.

Dans le même ordre, chacun jura à son tour. Lancelot se souvenait parfaitement qu'ils avaient prononcé un serment identique à l'arrivée de Bonie. Car seuls Louise et lui étaient les véritables enfants d'Eder Laurégan.

— Notre mère est morte, fit-il enfin remarquer. En grandissant, Perceval comprendra forcément qu'il n'a pas pu naître chez nous.

— J'ai l'intention de raconter que je l'ai eu avec une autre femme, qui est morte en me le confiant, répondit son père.

— Mais il va être déclaré bâtard ! protesta Louise.

— Il le sera de toute façon. Si nous révélons que nous l'avons trouvé, le recteur refusera également de l'inscrire sur le registre des baptêmes comme enfant légitime, puisque personne ne sait qui il est. Alors, autant qu'on le croie mon fils, et qu'il en ait les droits.

Bonie suivait la conversation avec difficulté. Le statut des enfants, selon qui les trouvait et où on les trouvait, était vraiment très bizarre.

— Et ta réputation ? s'exclama Louise.

— Qu'importe. Ce qui compte, ma fille, c'est le résultat. Pas ce que pensent les gens.

— J'ai rien compris, dit Bonie.

Lancelot attrapa ses lourds cheveux aux reflets roux et lui tira amicalement la tête en arrière :

— Perceval est notre frère, c'est tout. Si quelqu'un te pose des questions, tu dis que c'est le petit Jésus qui nous l'a donné.

Bonie, elle, avait échappé à la déclaration de « bâtarde » parce que leur mère avait raconté au village qu'elle ne s'était rendu compte que tardivement de sa grossesse, au moment où elle avait ressenti les premières douleurs. Ensuite, l'enfant était né si vite qu'elle n'avait pas eu le temps d'appeler la matrone[1].

Eder se refusa à prendre une nourrice à la campagne, parce qu'il aurait fallu laisser Perceval chez elle. Ça, il ne voulait pas. Trop souvent, ces femmes mesuraient leur lait aux nourrissons en pension pour le réserver au leur, et les laissaient mourir de faim sans scrupule. Surtout les bâtards.

D'ailleurs, Perceval était-il réellement bâtard ? Sans doute. Il n'était pas rare que des jeunes filles sans expérience se laissent surprendre par une grossesse et, pour vivre sans être montrées du doigt et se marier un jour, elles faisaient disparaître le fruit de leur péché. Elles accouchaient en cachette et tuaient le nouveau-né. La mère de Perceval, elle, l'avait confiée au ruisseau. Elle lui avait laissé une chance, elle n'était pas si mauvaise.

Finalement Jacquette, la couturière, qui avait un enfant de six mois, accepta de nourrir Perceval en échange du tissage de son chanvre. Elle avait tout de même déclaré :

— Ces petits bâtardeaux sont plus forts que les autres enfants, et ils tètent ferme. Une malignité du diable...

1. Accoucheuse.

Eder s'était retenu pour ne pas lui répliquer vertement, mais cette réflexion avait attiré son attention. Craignant que Jacquette en prenne excuse pour moins nourrir Perceval, il avait demandé à ce qu'elle vienne allaiter chez lui.

Eder songeait à ça en trempant sa galette de sarrasin dans son bol de lait. Excités par l'événement, ses enfants parlaient tous ensemble, et on mit donc du temps à entendre les cris qui venaient de la grève.

8

Un mauvais coup

On laissa le repas en plan et même Perceval, qui dormait, pour courir vers l'église. Son cimetière surplombait la grève et, quand il se passait quelque chose du côté de la mer, c'était de là qu'on voyait le mieux. En arrivant à la rue, ils tombèrent sur l'aubergiste.

— Tout le monde sait qu'on ne commence pas à traverser la baie quand la mer a déjà atteint la croix de Mi-Lieue ! tempêta celui-ci.

Le soulagement les saisit : il ne s'agissait pas d'une attaque, juste d'une imprudence.

— Ce n'est pas un étranger ! leur cria le mendiant qui avait élu domicile sur la place. C'est Philippot le père.

Alors ça, c'était le plus ahurissant. Philippot le père connaissait la grève comme sa poche !

La mer était haute et, au pied du mur, la rivière était gonflée comme lait qui bout. À hauteur du gué devenu invisible, un cheval se débattait pour ne pas être emporté par les flots. C'était bien le gros roux des Philippot ! Son maître tentait de le récupérer par la crinière en luttant contre le courant. On ne pouvait rien pour eux. Tant de malheureux avaient déjà bêtement perdu la vie ici !

Sept ans auparavant, il y avait même eu soixante personnes noyées en revenant d'une représentation théâtrale à Plestin, où l'on avait joué la mort de César, et le meurtre commis par le maudit Caïn sur son frère Abel.

La cloche de l'église sonna et chacun se mit à prier. Hennissant de panique, le cheval faisait des efforts désespérés pour tenter de reprendre pied, mais le courant ne lui en laissait pas le loisir. On poussa un cri quand il finit par lâcher prise et fut emporté dans le cours invisible de la rivière vers les falaises, entraînant avec lui Philippot le père agrippé à la crinière.

Tandis que la cloche continuait de s'égosiller, on les suivit des yeux avec frayeur.

— Le roux est sur ses jambes ! s'écria enfin quelqu'un.

Là-bas, la force de la marée montante arrivait à tempérer le courant de la rivière, et le cheval avait réussi à se remettre debout. Maintenant, il avançait péniblement dans l'eau, traînant derrière lui son maître qui ne l'avait pas lâché. On poussa une clameur quand on vit Philippot se redresser à son tour. Sauvé ! La baie était si plate que, dès qu'on avait quitté le piège de la rivière, on avait pied. Tout le monde courut vers la place, seul endroit par où les miraculés pouvaient s'échapper du piège de la mer.

— Qu'est-ce qui t'a pris ? s'écria l'aubergiste.

— La Charlezen, souffla Philippot, décomposé.

Il avait perdu son chapeau, ses cheveux noirs lui dégoulinaient sur le visage, tous ses vêtements lui collaient à la peau, il avait du mal à respirer.

Le cheval, lui, s'était allongé sur les cailloux et se tortillait comiquement sur le dos. On ne savait si c'était de bonheur de s'en être tiré ou juste pour se sécher.

On se retrouva vite tous à l'auberge, sauf Louise et Bonie qui préférèrent aller veiller sur le nouveau petit frère. Il ne fallait pas laisser les nourrissons seuls trop longtemps, à cause des animaux errants

– les cochons surtout – qui pouvaient bien avoir envie d'y goûter.

— J'étais près de la Roche-qui-tue pour baigner mon cheval, expliqua Philippot le père quand il fut assis devant un pot de vin et, d'un coup, j'entends le sifflement.

Le vin lui redonnait peu à peu des couleurs et, citant les paroles de la chanson, il ajouta :

— « *Et ce n'est pas un bon signe, que d'entendre siffler la Charlès.* » Aussitôt, je vois sa bande déboucher sur la grève.

Les femmes se signèrent vivement. La Charlezen, elles en menaçaient leurs enfants quand ils n'étaient pas sages. Bien que ce soit une femme, ça ne l'empêchait pas d'être un chef de bande redoutable, et ses brigands s'y entendaient pour écumer le pays en alternance avec les ligueurs et les royaux. À Saint-Michel, on était gâtés, on pouvait se vanter de posséder la plus belle collection de rançonneurs du pays.

Seulement, d'ordinaire, la Charlezen s'en prenait plutôt aux voyageurs, c'était plus rentable. Au fil des ans, elle avait fait de la grève un véritable cimetière « dont les morts se baignaient à chaque marée », disait-on.

Des voyageurs, vu les circonstances, il n'y en

avait plus guère, ça expliquait peut-être... Ou alors elle avait débouché sur la grève sans intention de s'en prendre à Philippot, et il s'était effrayé pour rien. En tout cas, ce n'était pas rassurant d'avoir la Charlezen dans les parages.

Certains l'avaient connue dans sa jeunesse, du temps qu'elle s'appelait encore Marguerite Charlès et qu'elle n'était qu'une enfant misérable, abandonnée à une espèce de vieille sorcière qui la traitait comme son esclave. On disait que c'était ça qui lui avait endurci le cœur. Mais quand on apprenait ses nouveaux méfaits, on ne pensait plus à la plaindre, on ne pensait qu'à la faire pendre haut et court.

Sa bande était en adoration devant elle et lui obéissait les yeux fermés. D'après ceux qui l'avaient approchée, elle était très belle. (Et, parfois, la nuit, couchés près de leur épouse légitime, c'est d'elle que les hommes rêvaient.)

Maintenant, l'ancienne pauvresse possédait un magot fabuleux, qu'elle cachait dans un bois, dans deux arbres creux. « L'un contenant six pieds[1] d'argent blanc, l'autre six pieds d'or jaune », c'était ce qu'on prétendait mais, bien sûr, personne ne s'était risqué à aller vérifier.

---

1. Pied : mesure de longueur (à peu près 33 cm).

— J'ai sauté sur le dos de mon cheval, poursuivit Philippot, et j'ai filé sans demander mon reste. Sauf que la bande me coupait la route pour remonter sur la côte, et que j'ai dû venir par ici.

Il s'essuya le front avec le poignet. L'émotion lui tirait les traits. Il frissonnait et, pourtant, il refusa qu'on lui prête des vêtements secs. « Qui n'est pas capable de sécher ses vêtements sur lui n'est pas un homme », disait-on.

— Cette Charlezen, s'exclama Lancelot en rentrant avec son père, on devrait la pendre !

— Ne dis pas des choses pareilles, mon fils, répliqua vivement Eder, tu ne la connais pas.

— Avoir eu une enfance malheureuse ne donne pas le droit de tuer.

— Certainement pas. Cependant garde-toi de juger si tu ne veux pas qu'on te juge.

Lancelot poussa un soupir. C'était bien son père, ça ! Toujours à essayer de comprendre les autres. Intrigué par le soudain silence du tisserand, il demanda :

— Tu la connais, toi, la Charlezen ?

— Je la connais.

Lancelot en fut ahuri.

— Tu l'as rencontrée ? Vraiment ?

— Vraiment. Sur le marché. Elle m'a même acheté de la toile.

— « Acheté », s'ébahit Lancelot, pas « volé » ?

— Ne crois pas qu'elle vole tout le monde et tout le temps. Sinon, à quoi lui servirait son argent ? ... Quand je l'ai connue, elle était très jeune. On ne chantait pas encore sa chanson, elle avait juste une réputation de très grande beauté. Et c'était justifié.

Il fredonna :

la Charlezen est souple et belle
Comme une sainte de chapelle.
On la croirait fille de Dieu,
N'était son poil couleur de feu...

— Peut-être, contra Lancelot, mais la chanson dit aussi : *« La cloche noire tinte, hélas ! C'est pour l'Aîné des Keranglaz »*... Elle a assassiné le fils Keranglaz !

— Est-ce que tu sais qu'il voulait la violer ? Elle n'a pas pu faire autrement que de se défendre.

Lancelot regarda son père, de plus en plus surpris.

— Mais avant ça, protesta-t-il, elle avait déjà tué un prêtre ; elle l'a pendu à un pommier !

— Tout ça, c'est des mensonges, mon fils. D'abord, Cloarec n'était pas prêtre, il n'allait être ordonné que l'année suivante.

— Est-ce que ça change quelque chose ?

— Ça change tout. Il n'était pas encore prêtre, et il ne voulait plus le devenir. Justement parce qu'il avait rencontré Marguerite Charlès et en était tombé amoureux fou. Marguerite n'était même pas au courant. (Lancelot nota que son père l'appelait par son prénom.) Tu penses ! Quelle attention lui aurait-elle accordée ? Tous les garçons des alentours auraient voulu l'épouser !

— Elle est si belle que ça ?

— Merveilleusement. Les garçons, ça les rendait fous... Un soir, Cloarec annonça à son père qu'il renonçait à devenir prêtre pour épouser la Charlezen. Tu parles comme son père était heureux ! Il lui a déclaré que, jamais, il n'accepterait une chose pareille, qu'il préférait le voir mort. Le lendemain, on a trouvé Cloarec pendu à la branche d'un pommier. Mais Marguerite n'y était pour rien. Elle m'a dit qu'elle n'avait même jamais parlé à ce garçon.

— Elle t'a *dit* ? Tu la connaissais déjà ?

Eder hocha la tête sans répondre, et Lancelot se demanda si, lui aussi, n'était pas tombé sous le charme de la belle Charlezen.

Enfin, son père releva la tête et déclara d'une voix raffermie :

— Je voudrais que tu ailles me faire une livraison au moulin... Eh oui, il faut cesser de rêver, fils. Le monde continue de tourner.

Qui rêvait ? Pas lui, en tout cas ! Oui... son père avait une drôle de tête.

9

Des soucis

Les jours passèrent et personne ne réclama le petit, si bien qu'un soir les enfants Laurégan décidèrent qu'il était à eux. Ils fêtèrent ça en dansant autour de la table, sur une chanson qu'ils venaient d'inventer :

— Un Laurégan de plus, ça fait quatre Laurégan, et quatre Laurégan c'est mieux que trois. Un Laurégan de plus, ça fait trois Laurégan, et trois Laurégan, c'est mieux que deux. Un Laurégan de plus, ça fait deux Laurégan, et deux Laurégan, c'est mieux qu'un.

À ce moment de la chanson, Louise soulevait le bébé à bout de bras en disant :

— Mais maintenant...

Et les autres reprenaient à :

— Un Laurégan de plus, ça fait quatre Laurégan...

Ils semblaient si heureux qu'Eder n'osa pas avouer combien ça l'aurait arrangé de voir réapparaître les parents. Les temps étaient durs, les réserves de farine et de fèves diminuaient à vue d'œil, et le filotier n'était pas revenu. Comment emporter les crées à Morlaix pour se les faire payer et reprendre un lot de fil ? Eder se refusait à jurer fidélité à la Ligue, et pénétrer là-bas en fraude, il n'y fallait pas compter. Un habitant avait été surpris à faire entrer son marchand de grain par une porte dérobée : son grain avait été confisqué, le grainetier et lui s'étaient retrouvés en prison comme des malfaiteurs, et ils n'en étaient sortis qu'en payant une forte rançon.

On murmurait que Morlaix profitait des troubles pour abattre ses volées d'impôts sur le pauvre peuple. Des taxes sur tout ce qui entrait, tout ce qui sortait, tout ce qui embarquait au port et tout ce qui débarquait. Il fallait payer pour prêter l'obligatoire serment à la Ligue, payer pour obtenir l'indispensable passeport, payer pour circuler, payer pour vendre sa marchandise...

Et Eder ne pouvait pas vendre sa toile ailleurs : c'était la manufacture de Morlaix qui avait fourni le fil, la crée lui appartenait de droit !

Il avait déjà eu bien du mal à se faire admettre comme fournisseur : les autres tisserands étaient installés au sud de la ville, et le filotier qui lui livrait le fil et reprenait ses crées ne venait que pour lui. Vu la situation actuelle, il comprenait sa réticence.

Non, la vie n'était pas simple, et il avait maintenant quatre enfants...

Enfin, si Dieu avait décidé de leur envoyer Perceval, Il avait ses raisons. D'ailleurs, c'était un nourrisson adorable, incroyablement sage et souriant.

Évidemment, lorsqu'ils étaient allés le faire baptiser, ce crétin de recteur avait pincé du nez d'un air dégoûté. Puis il avait décrété que, puisqu'il s'agissait d'un bâtard, d'un enfant du péché, il l'inscrirait à la fin de son registre, à l'envers. Maudit imbécile !

Il avait même pesté contre son nom, trop long à son goût pour un bâtard. Il faut dire que, chaque Laurégan ayant tenu à y contribuer, le petit se prénommait finalement Perceval-Carentec-Erasme-Richard Laurégan. Bien qu'il n'ait pas eu de chance au départ de sa vie, il resterait unique : personne, jamais, ne s'appellerait comme lui.

Le sourire qui avait éclairé le visage d'Eder à cette pensée s'effaça peu à peu. Il contempla son métier tristement silencieux. S'il restait encore une bonne longueur de chaîne toute montée, il n'avait rien à tisser dessus. Non seulement il ne pouvait pas vendre sa toile, mais il ne possédait plus le moindre soupçon de lin. Et on n'était qu'en juin ! Il se surprit à prier pour que le lin vienne bien, pour que la pluie ne le gâche pas, que le vent ne le couche pas. En réalité, il partageait les soucis des paysans, car la qualité de la toile dépendait de celle de la fibre, et la qualité de la fibre dépendait du coup d'œil du paysan, de la pluie et du vent.

Le claquement régulier du métier lui manquait terriblement, il en percevait dans son cœur la pulsation absente, et ça lui donnait l'affreuse impression d'être devenu une coquille vide. Elle murmurait : « Plus de lin, plus de lin, plus de lin... »

Louise, qui venait d'endormir Perceval dans ses bras, le reposa dans son berceau et annonça :

— Il y a filerie chez Jacquette ce soir. J'ai proposé qu'on file le chanvre qui reste dans les greniers. J'achèterai ensuite le fil, et tu pourras le tisser, ce sera mieux que rien. On en a toujours besoin, ne serait-ce que pour les sacs ou les voiles.

— Acheter ? Et avec quoi payerons-nous ?

— Avec ma dot. (D'un geste de la main, Louise empêcha son père de protester.) Tu remettras l'argent dans la bourse dès que tu auras vendu tes tissages... Allez, père, on fait comme ça.

Eder secoua la tête en soupirant :

— Qu'ai-je fait au ciel pour avoir des enfants aussi bons et généreux ?

— Peut-être parce qu'ils ont un père bon et généreux, dit Louise en riant.

Et elle déposa un baiser sur le front d'Eder.

Louise récupéra dans la chambre sa quenouille[1], son fuseau et le sac de filasse qu'elle s'était procurée dans les fermes. Si elle arrivait à tisser tout ça ce soir, son père aurait de l'ouvrage pour demain, même si le chanvre était moins noble à travailler que le lin.

En traversant la place, elle aperçut sur la grève les deux silhouettes qu'elle y voyait souvent : les fils du cordier. Ils parcouraient le pied des falaises, cherchant sans doute l'entrée de la grotte, une faille qui dissimulerait un escalier...

Au fond, ils avaient raison de s'accrocher à ça : tout le monde avait besoin d'espoir, et c'était le seul

1. Petit bâton sur lequel elle mettra la filasse de chanvre pour la filer ensuite à l'aide du fuseau.

qu'ils aient de sauver leur père. Pauvres gosses ! Ils n'avaient personne vers qui se tourner et inspiraient à tous du dégoût. Pourtant ils étaient très beaux, paraissaient sensibles et intelligents... Ils étaient juste poursuivis par une loi invisible : « Tu ne fréquenteras pas les cacous. » Même si la maladie semblait s'être éloignée d'eux, personne ne voulait courir de risque. Et ils en avaient pris leur parti : ils ne vivaient qu'entre eux, ne se mariaient qu'entre eux. Après tout, ils avaient aussi leur société...

Sauf qu'ici, il n'y avait qu'une famille, et elle se sentait peut-être bien seule... Du temps qu'elle vivait, la mère des gamins n'assistait jamais aux fileries. Rien que ça, ça devait être dur. Car les fileries étaient une vraie fête. On y bavardait la soirée entière, tout le monde aimait ça.

Inutile de dire que Louise n'avait eu aucun mal à trouver des volontaires pour filer le chanvre. Ce qu'elle voulait, c'était soulager son père de ses soucis. Parce que, des soucis, il en avait eu son content, elle en était sûre. Elle avait toujours eu l'impression qu'il y avait quelque chose de douloureux dans son passé, bien qu'elle n'ait jamais réussi à découvrir de quoi il s'agissait.

Maintenant, sa grande peur était de le perdre. Déjà, la mort de sa mère avait été très dure, et elle ne se sentait pas assez forte pour affronter seule la vie. Pas encore.

Elle protégerait Eder, c'était son rôle, car elle était sa fille. Sa seule et unique enfant. Bien que Lancelot et Bonie n'en sachent rien, ils n'étaient pas de son sang, ils avaient tous deux été recueillis. Chacun dans des circonstances différentes dont, heureusement, ni l'un ni l'autre ne gardait le souvenir. Bonie était une enfant trouvée, Lancelot ne l'était pas, mais qu'est-ce que ça changeait ?

En tout cas, depuis ce temps, elle se sentait responsable d'eux. Plus que s'ils étaient ses véritables frères et sœurs. « Qui se charge d'un enfant prend la responsabilité de le rendre heureux », disait Eder. Et Eder était le plus sage des hommes. Le reste du village estimait que le seul intérêt de recueillir des enfants était de se procurer des domestiques à bon marché.

Louise fit rouler entre ses doigts le chanvre qu'elle tirait de sa quenouille. La filasse s'étirait, s'amenuisait jusqu'à devenir fil. Elle ne pensait même pas au mouvement de ses doigts, elle écoutait la repasseuse de coiffes raconter l'histoire du jeune homme de Saint-Michel qui avait rencontré une fée. La fée lavait ses draps d'or au ruisseau du Kerdu, et le jeune homme la trouva si belle qu'il lui demanda de venir laver son linge chez lui, car il était seul et célibataire. Sans doute qu'elle trouva aussi le garçon à son goût, car elle accepta. Quand elle fut installée à la ferme, loin de se contenter de laver le linge – toujours de nuit, comme toutes les fées – elle se mit aussi à balayer la maison, à soigner les bêtes, à préparer le repas, à s'occuper du courtil[1]... Le jeune homme pensa qu'il avait trouvé la femme la plus belle et la plus courageuse, et il la demanda en mariage. Elle dit oui, à condition que jamais il ne la batte ni ne l'insulte.

— En voilà une qui connaissait la vie, intervint la bouchère. J'aurais bien dû faire pareil !

Tout le monde rit et la repasseuse reprit :

— Les années passèrent dans le bonheur jusqu'au jour de juillet où le mari partit à la foire. Et, subitement, sa femme décida d'aller moissonner le blé. Pour le soir, le travail était fini, le blé rentré. Le mari arrive, voit sa grange pleine, et se met à hurler : « Quelle idiote ! Le blé n'était pas prêt à être moissonné, il fallait laisser grossir l'épi ! » Il avait à peine fini sa phrase que la fée disparut en fumée.

— Ça m'arrangerait bien de savoir comment elle a fait, remarqua la bouchère.

---

1. Petit jardin entourant une maison.

Il y eut encore des rires.

— Ne te plains pas trop, commenta Jacquette, au moins ton mari est bon catholique. À ce qu'il paraît, les huguenots ont des pieds fourchus comme le diable, et quand ils t'en donnent un coup dans les fesses, ça te fait deux marques en creux.

On lança des plaisanteries sur ceux qui, au lieu d'avoir des pieds fourchus, avaient la tête cornue, puis la repasseuse put enfin poursuivre :

— Voilà que, dans la nuit, un vrai déluge s'abat sur Saint-Michel. De la grêle grosse comme le poing, le tonnerre qui ébranle la vallée, des éclairs à vous rendre aveugle. Le village était terrifié. Toute la nuit, toute la nuit. On crut que rien ne resterait debout. Au matin, les champs étaient ravagés, les récoltes entièrement perdues. Toutes sauf celles que la fée avait mises à l'abri dans la grange... Le pauvre mari eut beau pleurer, regretter, supplier, il ne revit jamais sa femme.

Elles furent interrompues par l'arrivée de la fille du meunier, qui entra en soufflant, l'air d'une conspiratrice :

— Regardez dehors...

On pencha la tête. En haut de la place, il y avait une belle assemblée : les jeunes mâles du village au grand complet, l'air de discuter entre eux sans s'occuper de ce qui se passait dans la maison de la couturière.

Ils ne trompaient qu'eux-mêmes : les soirs de filerie, tout le monde le savait, les garçons s'arrangeaient pour se rassembler pas loin, histoire d'apercevoir les filles et de faire leur choix.

La fille du meunier pouffa en rougissant :

— Regardez-les qui prennent l'air avantageux.

— Il y en a qui vous plaisent là-dedans ? interrogea la petite Françoise.

Les rires fusèrent, mais personne n'osa rien dire.

— Bah ! soupira Rosette (que la nature avait affublée d'un trop gros nez, rouge de surcroît), ils viennent tous pour Louise, alors...

— Sûrement pas, se récria Madeleine, j'en vois au moins deux qui sont là pour moi.

Les filles se mirent à parler toutes en même temps, commentant chaque garçon et l'intérêt qu'il présentait – son âge, son physique, ses biens ou ses espoirs d'héritage.

Louise trouvait gênant le regard des garçons, et elle redoutait le moment où elle devrait sortir devant eux. Aussi, dès qu'il commença à faire trop sombre pour continuer à filer, elle reprit son fuseau et sa quenouille et s'éclipsa discrètement par la porte de derrière.

Elle arrivait à la maison quand elle aperçut

quelqu'un sur le pas de la porte. Elle s'arrêta net. C'était l'homme qui l'avait poursuivie le fameux soir précédant la bataille de la grève !

10

Un drame

Quand l'homme croisa Louise, il la gratifia d'un sourire plein d'ironie qui la mit très mal à l'aise.

— Que voulait-il ? demanda-t-elle à son père.

— Rien.

Eder se reprit et ajouta :

— Il venait s'excuser, pour l'autre soir.

Louise regarda son père du coin de l'œil. Il lui racontait des histoires aussi difficiles à croire que celle des pieds fourchus des huguenots. Et s'il était venu la demander en mariage ? Son cœur trembla. Elle avait beau se dire que, visiblement, Eder n'y était pas favorable, l'air assuré qu'arborait l'homme lui faisait peur.

— J'espère que tu reviens avec beaucoup de fil ! s'exclama son père avec trop de gaieté, comme pour lui faire oublier ce qu'elle avait vu.

Elle sortit son fuseau bien rempli et les six autres qui lui avaient été confiés (dont deux étaient plutôt maigres).

— J'en vois qui font aller leur langue plus que leurs doigts, remarqua Eder avec indulgence.

— Crois-tu qu'une filerie soit organisée pour travailler ? plaisanta Louise.

— Pour quoi, alors ?

— Pour se raconter des bêtises et regarder les garçons, pardi !

Son père ne saisit aucunement la balle au bond pour aborder le sujet de son mariage, et elle en fut soulagée.

Sur le grand métier, la chaîne de lin était encore montée et Eder ne voulait pas la défaire. La mettre en place était un travail trop long, trop difficile, pour le gâcher. Tant pis, elle attendrait des jours meilleurs où il trouverait du fil de lin. Il n'aimait pas mélanger les matières. Il allait se servir du petit métier, celui sur lequel Lancelot apprenait, et qui était libre.

Le fil de chanvre était de médiocre qualité, ça ne ferait guère que de la toile à sac. À la fin de la semaine, se tiendrait la foire de Pentecôte, et il espérait bien que des filotiers viendraient avec des écheveaux de lin.

Cela lui rappela que le lendemain était samedi, et qu'il faudrait penser au coupon de toile pour la ferme Jego.

Bien que le jour soit devenu insuffisant pour travailler, Eder décida de préparer la chaîne. Il alluma une lampe (ce qu'on évitait d'ordinaire aux jours longs, par mesure d'économie) et commença à enrouler le fil sur l'ourdissoir. Il avait besoin de s'occuper les mains. Cependant, son esprit n'était pas à ce qu'il faisait. Il ne pensait qu'à son visiteur.

La ferme Jego, c'était loin, au-delà de chez Philippot. Cela ne dérangeait pas Lancelot, il aimait à musarder dans les collines. On n'avait plus eu d'alerte depuis le grand massacre de la grève, et c'était rassurant : les combattants devaient panser leurs plaies.

Restait la bande de la Charlezen, mais il ne la craignait plus. Confusément, il souhaitait même la rencontrer, pour dire qui il était, que la belle brigande le salue et le laisse aller. Il ne voulait pas se l'avouer, mais cela aurait flatté son orgueil.

De toute façon, la Charlezen ne s'intéressait pas aux gamins transportant une maigre aune de toile. D'autant que ce genre de coupon ne valait pas bien cher. D'ailleurs, personne ne les lui payait jamais. Même que ça l'intriguait, d'autant que ceux à qui il les apportait – meunier, cordonnier, fermier – n'étaient pas dans le besoin. Pourquoi ne donnaient-ils jamais rien en échange ? Chaque fois qu'il posait la question, son père lui répondait : « Ne t'occupe pas de ça, Lancelot, c'est mon affaire. »

Maintenant qu'on manquait de lin, il lui semblait franchement exagéré de continuer à distribuer des cadeaux... Il hésitait à en faire la remarque, de peur du jugement de son père. Eder avait la réputation d'un homme sage : c'est lui qu'on venait voir au village, quand on avait des problèmes épineux à résoudre ou une lettre à écrire. Eder était un savant. D'ailleurs, la bourse qui arrivait régulièrement représentait peut-être le règlement des coupons.

Seulement, dans ce cas, c'était trop d'argent...

Lancelot arrivait en vue du champ de Philippot, quand il aperçut des gamins qui s'enfuyaient comme une volée de moineaux. Intrigué, il y jeta un coup d'œil en passant. Le lin avait bien poussé et des moutons broutaient au milieu.

La croix attira tout de suite son attention : on n'y voyait plus la marque de son malheureux coup de sabot qui, dans ses souvenirs, se trouvait presque au ras du sol.

— On se promène au lieu de travailler ? ironisa Philippot en arrivant sur le chemin.

Lancelot arbora un air faussement important :

— Je suis en livraison...

À la ferme, on travaillait tellement, que Philippot avait l'impression que Lancelot ne faisait rien de ses journées. Lire, écrire, compter, tisser lui avait toujours paru des occupations de foutu fainéant. Il lança fièrement :

— Tu as vu mon lin...

Sa phrase resta en suspens. Il fixait la croix d'un air émerveillé.

— Superbe... acheva-t-il comme s'il avait encore du mal à se remettre de ce miracle. Superbe.

Lancelot se retint pour ne pas éclater de rire. Il était en train de comprendre ce qu'avait fait *la volée de moineaux* : elle avait enfoncé la croix d'une bonne hauteur d'une main, et le lin semblait avoir poussé d'autant.

— Pas mal, commenta-t-il. Quand même, rappelle-toi : « Avec le lin, on n'est jamais sûr de rien. » Il pourrait tout aussi bien rétrécir avant demain.

Philippot le regarda d'un air un peu fâché, puis, observant de nouveau le champ, il cria :

— Eh ! Toi là-bas !

Et il se mit à courir entre les rangs pour aller redresser d'un bon coup de pied un mouton qui prétendait vouloir s'allonger. Non mais ! Il lui écraserait ses tiges sans vergogne, celui-là !

Lancelot reprit son chemin en rigolant. Les moutons étaient là pour manger les mauvaises herbes, et ces *foutus fainéants* s'imaginaient pouvoir s'arrêter de bouffer et se payer une petite sieste... !

Partout dans les champs, les femmes et les enfants étaient occupés à arracher le sénevé et la morelle, deux plantes que – dommage ! – les moutons se refusaient à brouter. (Mais ils n'aimaient pas non plus le lin, et ça, c'était quand même une *foutue chance*.)

Lancelot s'arrêtait ici et là pour bavarder un peu. On voulait oublier la guerre et son cortège de désolations, on arrachait les mauvaises herbes en priant Dieu pour qu'Il protège la récolte de la tempête, de la grêle, des ligueurs et des royaux.

Comme il était allé par les collines, il profita que la mer était basse pour revenir par la grève. Il aurait bien poussé jusqu'au Grand Rocher, sauf qu'il aurait encore fallu mentir à son père.

Eder Laurégan était franchement un peu trouillard. C'était comme ça, les vieux, ça avait peur de tout. Même peur de prendre parti. Lui, Lancelot, il était pour les royaux. Ce roi de France, Henri IV, il ne le connaissait pas, mais c'était quelqu'un de bien, parce qu'il voulait que tout le monde vive en paix, catholiques et protestants. D'accord, c'était un roi protestant, mais il ne se proposait pas pour autant d'égorger les catholiques. Il voulait les laisser pratiquer leur religion, il était autrement moins intolérant que les ligueurs !

Au lieu de rentrer tout droit à la maison, Lancelot descendit chercher quelques bigorneaux sur la grève. Moins on consommerait de pain, mieux ça vaudrait tant qu'on n'arrivait pas à se procurer du lin. Et, pour ce dernier point, il avait un projet...

Disséminées dans les rochers, quelques femmes ramassaient des coquillages. Il y avait aussi une petite silhouette, près des falaises. Lancelot la suivait des yeux tout en se rapprochant. C'était un enfant, qui allait et venait d'un air affairé. Il mit un peu de temps à comprendre de qui il s'agissait, car il ne l'avait jamais vu seul : un des fils du cordier !

Dès qu'il l'aperçut, le gamin vint vers lui en courant. C'était le plus jeune. Lancelot se tendit. Bêtement. Il n'allait quand même pas avoir peur d'un mouflet !

— Tu sais où est l'entrée de la grotte ? lui cria le gamin, très agité.

— On t'a déjà dit que personne ne le sait, répliqua Lancelot.

Le gamin reprit avec affolement :

— Mon frère y est entré et il ne peut plus ressortir !

— Tu es sûr ? fit Lancelot, sidéré.

— Oui, là-bas...

Le gosse montrait quelque chose, du côté de Beg-ar-Forn. Sa voix s'étouffait tant il luttait contre les larmes. Il hoqueta encore :

— Viens... voir... S'il te plaît.

Il le prit par la main, et l'entraîna vers les rochers.

— Je ne vois pas de faille. Où est-il entré ? demanda Lancelot sans oser retirer sa main.

— Je ne sais pas. J'étais assis là (il montra un rocher en hauteur) et lui, il cherchait. Il voulait pas que je cherche avec lui, alors je surveillais.

— Pourquoi ne voulait-il pas que tu cherches ?

— Parce que c'est dangereux.

Lancelot s'étonna :

— C'est dangereux de marcher dans les rochers ?

— Oui, quand la mer est haute... On avait déjà fouillé à marée basse et on n'avait rien trouvé. Alors, il a dit... que peut-être la grotte s'ouvrait à la marée montante, comme les moules.

Lancelot sentit son cœur se serrer.

— Il a cherché sous l'eau ?

— Ou...i. Il a plongé beaucoup, et beaucoup. Et sûrement, il l'a trouvée, parce qu'il est pas remonté. Mais maintenant il est prisonnier... et je ne sais pas où.

Lancelot prit la tête du gamin et la serra contre lui.

— Ne t'en fais pas, souffla-t-il. C'est un endroit tellement merveilleux que ton frère doit être très heureux, même s'il ne peut plus revenir. Il y a une princesse avec des cheveux d'or, qui chante d'une voix envoûtante, des fruits délicieux, des moutons qui broutent de l'herbe d'or, des musiques qui sortent de grands coquillages de nacre...

Sa voix s'étrangla et il ajouta :

— C'est un endroit où l'on est tellement bien que, quelquefois, on n'a même plus besoin de son corps. On le jette au loin pour que son âme soit plus légère.

11

Drôles de fêtes

La marée de ce soir-là ne rendit pas le corps. Celle du lendemain matin non plus. Chaque fois que Lancelot regardait vers la grève, son cœur se serrait. Le cordier et son fils l'arpentaient de l'aube au crépuscule, et on sentait dans leurs pas un profond désespoir. Le père tenait à peine debout et s'arrêtait sans cesse pour tousser. Lancelot savait maintenant qu'il crachait du sang. En dehors d'Eder, il n'avait jamais vu un père aimer autant ses enfants. La veille, il les avait aidés à chercher mais, ce que la mer prenait, elle le gardait longtemps.

La cloche sonnait l'appel à la messe quand Eder

apparut au bout de la rue. Il n'était jamais en retard, même en revenant de sa « tournée d'inspection », comme il disait, et qui consistait à visiter les fermes isolées. Un jour, il en avait ainsi trouvé une incendiée, et des enfants en bas âge cherchant à manger dans le tas de fumier. Heureusement, ils avaient de la famille au village pour les recueillir.

Lancelot aurait bien voulu aller faire la tournée avec son père, mais celui-ci s'y opposait : il passait par des chemins trop peu sûrs.

La messe étant celle de Pentecôte, elle fut plus longue que d'ordinaire. Après le sermon, le recteur demanda de dire une prière pour « l'enfant de cacou » pris par la mer. Il annonça ensuite les morts récents (qu'il appela, eux, par leurs noms et prénoms) et rappela les morts plus anciens, pour qui l'on avait payé des messes toute l'année. Ceux-là étaient plus importants, car il fit précéder leur nom de « sieur » ou « dame ». Une simple cérémonie annonçait les hiérarchies, sans qu'on sache bien si c'étaient celles du village ou celles de Dieu.

Le recteur poursuivit par les nouvelles de France. Henri de Navarre (il ne disait pas Henri IV) assiégeait la ville de Paris dont les ligueurs lui refusaient l'entrée, et attaquait sans relâche les faubourgs. Ses partisans avaient pris position à Corbeil, pour couper la route qui amenait les vivres de Champagne, de Bourgogne et de Brie. Ils s'étaient aussi emparés des ponts de Melun, de Poissy, de Saint-Cloud, de Charenton, et plus aucune nourriture n'arrivait dans la capitale.

Le recteur laissa planer sur la foule un regard lourd de sens.

— Mais le peuple de Dieu ne se laissera pas intimider, reprit-il de sa voix tonnante, et l'hérétique sera vaincu ! Malgré la faim, chaque Parisien entre en résistance. Les processions succèdent aux processions, derrière l'image sacrée de la Vierge Marie. Dieu vaincra ! Il ne laissera pas son peuple aux mains d'un roi huguenot !

Les derniers mots résonnèrent un instant dans l'église.

Il passa ensuite aux nouvelles de la Bretagne. Le duc de Mercœur, grand chef des ligueurs bretons, avait fait appel aux Espagnols pour le soutenir, et ceux-ci allaient débarquer d'un moment à l'autre. Sûrement dans le sud, du côté de Nantes ou de Vannes.

Tout cela n'annonçait rien de bon.

À la sortie de la messe, les plus clairvoyants prédisaient que, si l'Espagne catholique venait soutenir la Ligue, l'Angleterre protestante serait sûrement appelée en renfort pour soutenir le roi. Le sang n'était pas près de s'arrêter de couler.

Selon son habitude, Eder ne se mêla pas aux conversations. Tandis que Louise et Bonie rentraient à la maison, il fit un crochet par l'auberge avec Lancelot.

Ce n'était pas pour boire : Eder s'y refusait absolument. Lancelot en avait toujours été un peu vexé, car la plupart des jeunes de son âge allaient régulièrement s'y soûler le dimanche en famille.

Lorsqu'ils pénétrèrent dans la salle, ils furent délicieusement saisis par le fumet du porcelet qui grillait dans la cheminée. Les Philippot grand-père, père et fils étaient déjà attablés autour d'un pichet de vin. Ils passeraient là leur journée. L'Église leur interdisait de travailler le jour du Seigneur, et ils ne savaient à quoi occuper leur temps.

— Je me demande si on reverra le Tro-Breiz, se lamentait l'aubergiste. Plus personne ne se risque sur les routes, même pour un pèlerinage. Ah ! C'était le bon temps ! Vous vous souvenez ? Les pèlerins arrivaient le soir, par la grève ou par la Vieille Côte, et ils passaient la nuit ici. Tu es bien placé pour le savoir, hein, Eder ?

Le tisserand eut l'air vaguement embarrassé, ce qui surprit Lancelot. Que voulait dire l'aubergiste ? Son père avait-il des pèlerins parmi ses clients ? Il n'en avait jamais vu aucun à la maison.

— Ah ! reprit l'aubergiste. Les affaires marchaient en ce temps-là ! Même les pauvres, qui dormaient dans l'église sur une paillée de fougères, venaient prendre un petit coup de vin à la nuit tombante. À cette époque de l'année, ça pullulait. L'auberge était pleine à craquer, coup de feu à tous les étages. Maintenant...

Il fit un geste désolé englobant sa misérable clientèle.

Lancelot aussi, regrettait le temps du Tro-Breiz. Pas à cause des « affaires », mais à cause de l'animation. Les pèlerins étant obligés d'attendre la marée basse pour passer le gué, ils avaient tout le temps de leur donner des nouvelles d'ici et de là. C'est qu'ils en voyaient, du pays ! Et puis, à l'heure du départ, au moment où ils quittaient les auberges, les hôtelleries, l'église, les granges, pour se regrouper sur la place, il y avait une activité folle. Ensuite, ils repartaient en chantant des cantiques à pleine voix, riches et pauvres mélangés. On les avait presque perdus de vue sur la grève qu'on entendait encore leurs chants.

Le recteur se plaignait, lui aussi, de l'absence de ces bons chrétiens, mais l'aubergiste prétendait (avec un peu de mauvaise foi, peut-être) que c'était parce que le tronc où les pèlerins versaient leur obole, en bas de la Vieille Côte, restait vide.

— Et c'est encore pire pour les hôtelleries, s'exclama le vieil obèse qui tenait l'« Hôtel de l'Abbaye ». On n'a plus que quelques voyageurs isolés, c'est la misère !

Eder intervint pour rappeler qu'il y avait d'autres « misères » et demander que, à la marée du soir, le village se rassemble sur la grève pour rechercher le fils du cordier. La mer commencerait à descendre vers sept heures, mais il faisait jour assez tard, vu qu'on était en juin. Et, un dimanche, on n'avait rien de mieux à faire que de servir Dieu et son prochain.

La demande venant d'Eder, personne n'osa protester qu'il ne s'agissait que d'un cacou.

— Et puis, de l'animation, interrompit un voyageur qui semblait avoir déjà pris un bon acompte de vin avant la messe, on n'en manque pas. Tous à se taper dessus. Et le Mercœur qui nous prétend qu'il faut se battre « pour la Ligue, pour la religion ». Alors que ce qu'il veut, celui-là, c'est que la Bretagne redevienne indépendante[1] et qu'il en soit le duc. Rien d'autre.

— Chut ! souffla l'aubergiste.

---

1. La Bretagne n'était française que depuis une cinquantaine d'années.

Et son œil fit rapidement le tour de son établissement pour voir si on pouvait craindre des dénonciateurs.

— Il n'y a pas que des huguenots, dans ceux qui suivent Henri de Navarre ! continua l'homme en tapant du poing sur la table. Beaucoup sont catholiques, et aussi bons catholiques que ceux de la Ligue !

— Pas besoin de le crier sur les toits, souffla l'aubergiste en lui faisant signe de se taire.

Eder eut un geste d'apaisement.

— Je peux compter sur vous tous, ce soir, pour chercher le petit ?

— On est dimanche de Pentecôte, remarqua Philippot le Jeune. La faille où il est entré va peut-être se rouvrir et le libérer.

Il y eut des grimaces dubitatives. Le palais, on y croyait ; que le gamin y soit entré, moins. La mer l'avait avalé, voilà tout.

— C'est pas que la grève manque de distractions ces derniers temps, soupira le vieil hôtelier, mais j'irai.

Les autres acquiescèrent de la tête. Il y avait toutefois fort à parier que certains – les Philippot grand-père, père et fils, par exemple – seraient trop ivres pour être utiles à quoi que ce soit.

On ne retrouva pas ce soir-là le corps du petit. Ni le lendemain. Le surlendemain, mardi de Pentecôte était jour de foire, et on oublia un peu le fils du cordier.

Chez Laurégan, on pria pourtant pour lui avant le repas du soir, même si on ajouta une demande pour que les filotiers arrivent avec leurs écheveaux de lin.

La foire fut un désastre. Personne n'avait osé prendre la route avec un chargement qui avait toutes les chances d'être intercepté par les troupes de partisans, ou par les brigands qui profitaient de la confusion pour se multiplier sur les chemins. Un nouveau danger était apparu, pire encore que la bande de la Charlezen : la troupe du baron de la Fontenelle. Des « ligueurs » à ce que prétendait leur chef. Des bandits, oui ! Ils prenaient simplement excuse de la religion pour dévaster les campagnes, piller châteaux et villages.

Finalement, les seuls qui osèrent venir jusqu'à Saint-Michel furent les paysans des environs (juste avec des légumes), et des colporteurs qui ne pouvaient survivre autrement. Et ceux-ci s'étaient contentés d'apporter des broutilles : lacets, peignes ou rubans.

Pas une vache, pas un cheval, pas un cochon à

vendre. Les éleveurs qui avaient eu la chance de garder leurs bêtes au prix de mille ruses n'allaient sûrement pas risquer leur confiscation. Aucun marchand d'épices ni d'oranges ne se montra et, du lin, pas un fil. La fête fut remplacée par une procession qui se rendit à la chapelle Gwennojen[1] prier pour le retour de la paix.

C'est sans doute pourquoi tout le village attendit avec impatience la fête de la Saint-Jean, une semaine plus tard, où l'on comptait bien se défouler un peu et oublier ses malheurs.

---

1. Aujourd'hui Sainte-Geneviève.

12

Un feu d'enfer

Le feu de la Saint-Jean, pas question pour Eder de laisser ses enfants y aller seuls. Surtout à cause de Louise. Une jolie fille attirait l'attention, et les projets des jeunes gens n'étaient pas toujours louables. Eder pensait avec inquiétude au jour où elle partirait... La vie était ainsi faite, et le bonheur d'un enfant n'était pas de vivre éternellement chez son père.

Il la surveillait du coin de l'œil. Elle avait mis sa belle robe violette – comme on les aimait en Trégor – et sa coiffe brodée. Il regrettait que la décence veuille qu'elle dissimule sa magnifique crinière noire et ondulée, mais la coutume était raisonnable : il n'y avait qu'à voir, déjà, les regards des garçons ! Il les comprenait et, bien que son cœur se serre, il ne pouvait s'empêcher d'en éprouver de la fierté.

L'immense pyramide de bois avait été dressée dans une pâture, en haut de la Vieille Côte, d'où on embrassait du regard toute la baie. Chacun y avait apporté dans la journée ses fagots d'ajoncs, et on les avait savamment échafaudés.

On était ensuite monté en procession derrière le recteur pour que celui-ci mette lui-même le feu au bois. C'est que l'homme d'Église avait grand peur que la fête ne ressemble trop au rite païen qu'on pratiquait depuis la nuit des temps. Maintenant qu'on savait que c'était Dieu qui donnait la chaleur de l'été pour faire mûrir le grain, ce feu devait être un hymne à Sa gloire. Or, certains se permettaient de danser en chantant des chansons qui n'avaient rien à voir avec des cantiques.

Quand le feu s'embrasa, la foule hurla d'excitation, comme pour refouler toutes les angoisses accumulées. Alors, binious et bombardes sonnèrent l'heure de la danse, et le recteur se retira rapidement. Il n'était pas parvenu à empêcher ses paroissiens de danser, il ne devait surtout pas leur accorder sa caution en restant.

La nuit était tombée, le feu commençait à s'épuiser, et les rondes d'enfants avaient cessé de tourner autour du brasier. Eder suivait d'un œil amusé les jeunes gens qui sautaient par-dessus les flammes, le plus haut possible, pour impressionner les filles. Lui aussi avait fait ça, du temps qu'il était jeune.

Louise s'était assise à côté de lui. Elle avait ri et dansé, et ça lui avait fait du bien. Elle se reposait un instant, en regardant la ligne mouvante des danseurs qui continuait à osciller.

— Jolie fille, que tu as là, Laurégan. Les deux autres sont à toi aussi ?

Louise sursauta. Roland Prat ! Eder semblait sur le qui-vive. Pourquoi Prat lui parlait-il de cette façon ? Il savait très bien qui étaient ses enfants, il les avait vus à la maison.

— Jolie demoiselle, reprit l'homme, accepteriez-vous de sauter avec moi par-dessus le feu ?

Louise eut un mouvement de recul. Sauter avec lui, c'était comme l'accepter pour fiancé.

— Cesse ce petit jeu, Prat, dit Eder en essayant de prendre le ton enjoué de celui qui croit à une plaisanterie.

L'homme hésita un instant, puis se mit à rire.

— Ne crains rien, compagnon. J'ai rendez-vous

avec une fille beaucoup plus jolie sur la grève au clair de lune. Tu vois, je suis poète...

Louise sentait que toutes les paroles de cet homme étaient à double sens, sans parvenir à les comprendre. Elle le suivit des yeux tandis qu'il s'éloignait, pour voir s'il rejoignait une femme, mais il redescendit la colline sans s'occuper de personne.

Avec qui avait-il rendez-vous sur la grève ? Une jeune fille que connaissait Eder ? Sinon, pourquoi aurait-il pris ce ton pour prononcer : « beaucoup plus jolie », sans se soucier de la vexer, elle.

Et Eder ne semblait pas froissé comme il l'aurait dû, seulement fâché. Le plus curieux, c'est qu'il se refusait à le paraître et qu'il lança gaiement :

— Lancelot, va donc acheter des beignets pour vous tous. C'est mon jour de bonté !

La nuit fut douce pour les uns, agitée pour les autres. Elle fut étrange, gaie et excitante pour Louise. Étrange à cause de ce Prat et de ses paroles mystérieuses, gaie et excitante parce que beaucoup de garçons l'avaient invitée, avaient sauté par-dessus le feu en son honneur, et qu'elle s'en sentait touchée. Ça la rassurait, la consolait du « beaucoup plus jolie » de Prat.

Elle y pensa longtemps avant de s'endormir.

Dans l'ensemble, elle se méfiait des garçons, leurs regards l'agaçaient, mais l'ambiance de fête transformait tout. Elle se sentait maintenant capable de leur résister en attendant celui qui lui plairait, et assez forte pour se montrer aimable malgré tout.

Elle fut réveillée par des cris. Il faisait à peine jour et quelqu'un hurlait du côté de la place. Elle se leva vivement en prenant soin de ne pas réveiller Bonie qui dormait à poings fermés, et fit un signe des yeux à son père pour lui signifier qu'elle allait aux nouvelles.

Il y avait déjà un attroupement. C'était Marie-Jeanne, qui se tordait les mains et se démenait comme une furie :

— Mon enfant ! Mon enfant ! On a volé mon enfant !

Stupéfaite, Louise s'approcha. Qui pouvait voler un enfant dans un village où l'on en avait déjà trop, et où l'on avait du mal à les nourrir ?

— Il a disparu ? s'inquiéta-t-elle.

— On me l'a échangé ! Je m'en suis rendu compte ce matin quand il s'est mis à hurler comme un possédé. Un possédé ! C'est un de ces maudits kornandoned qui a fait le coup !

Les kornandoned étaient ces korrigans qui vivaient dans les falaises. On entendait souvent claquer leurs sabots pointus dans les grottes mais, jusqu'ici, on ne les avait jamais vus au village. Les femmes s'affolèrent. Ces maudits nabots, outre qu'ils étaient noirs et velus, étaient si laids qu'ils étaient obligés de dissimuler leur figure grimaçante et leurs longs cheveux emmêlés sous d'immenses chapeaux.

— Les kornandoned te l'ont échangé avec un de leurs affreux rejetons ?

— Oui ! Hideux comme le cul d'un diable !

L'agitation gagna. Les kornandoned avaient le pouvoir de se glisser dans les maisons sans qu'on s'en aperçoive, car ils prenaient le visage qu'ils voulaient, se grandissaient comme des humains ou rapetissaient comme des insectes. Impossible de les repérer.

Les femmes qui avaient un enfant au berceau regagnèrent aussitôt leur maison en courant. Seuls restèrent les jeunes et les hommes.

— Il ne veut pas de mon lait, gémissait Marie-Jeanne, il ne veut que de la bouillie et il mange comme sept. Je ne veux plus rentrer chez moi, je ne peux plus voir ça, il va me jeter un sort !

Alerté par le brouhaha, le recteur finit par quitter le presbytère pour se faire expliquer la situation. Quand il comprit ce qui se passait, il tonna :

— C'est ta faute, Marie-Jeanne ! Tu es restée

hier danser au feu de la Saint-Jean en laissant ton petit tout seul. C'est Dieu qui te punit !

Il tourna le dos et, d'un pas outré, regagna l'église.

On hésita un moment, puis on se précipita chez Marie-Jeanne pour voir l'horrible chose.

Mais le problème s'était réglé de lui-même : l'affreux nabot était mort, étouffé. Un nouveau-né, même kornandoned, ne supportait sans doute pas l'épaisse bouillie d'avoine qu'on lui avait enfournée.

Du pas de sa porte, Jacquette regardait vers la maison de Marie-Jeanne sans bouger. Elle était bien la seule à ne pas être pressée de voir l'incroyable phénomène. Elle se doutait qu'elle n'avait pas dansé, la Marie-Jeanne – elle en aurait été bien incapable. Elle avait même été surprise de la voir paraître au feu de Saint-Jean alors qu'elle avait accouché de son petit dans l'après-midi.

Et elle était bien placée pour le savoir : sa mère était la matrone du village. Jacquette était allée l'aider parce que l'accouchement était long et difficile. L'enfant était finalement sorti contrefait, avec des membres trop courts et une tête déformée. Les kornandoned n'étaient pour rien dans cette affaire, seulement ni Jacquette ni sa mère ne le diraient à personne. Elles étaient tenues par le secret.

13

Le tocsin

Cette tragédie avait semé la panique, et les mères redoublèrent de vigilance. Pas une n'osait quitter la maison sans emmener son nourrisson. D'autant qu'on n'avait toujours pas retrouvé le corps du petit cacou, et que son fantôme devait hanter la grève. Tant que la mer n'aurait pas rendu son corps, son âme errerait sans trouver le repos.

À part ces tristes événements, il ne s'était rien passé de notable dans le village et, bien qu'on prétende que La Fontenelle dévastait l'arrière-pays, on ne l'avait pas vu ici. Peut-être parce que les grèves de Saint-Michel avaient leurs propres brigands, et que, pour un chef de guerre tel que le baron, ça rendait les opérations moins lucratives. Lancelot jugea que le moment était venu de lancer la proposition qu'il avait échafaudée :

— Puisque tout est calme, pourquoi ne pas aller à Lannion ? À la manufacture, ils ont peut-être du lin.

— J'ai un accord avec Morlaix, observa Eder. Je n'ai pas le droit de travailler pour une autre manufacture.

— Alors, c'est moi qui irai chercher le fil, et moi qui le tisserai. Je n'ai pas signé avec Morlaix !

— Ce matin, répliqua Eder, tu dois porter la commande de toile au port. Et bien content que les pêcheurs aient besoin de repriser leurs voiles. Les tempêtes font le malheur des uns et le bonheur des autres. Ainsi va la vie...

Lancelot s'en doutait. Il ne serait pas facile de convaincre son père.

— Porter ces toiles ne prendra qu'un instant, insista-t-il. J'irai ensuite...

— Je préfère ne pas avoir de lin que de te savoir en danger, décréta Eder.

— En danger ! s'exclama Lancelot. Sur une route aussi fréquentée !

Son père continuait à hocher négativement la tête.

— Je vois, soupira Lancelot d'un ton sarcastique, je vais passer ma journée avec Philippot, à empêcher les moutons de faire la sieste.

— Quoi ? s'ébahit Bonie.

— Les moutons, tu croirais que leur laine leur suffit, eh bien non ! Ils veulent se rouler dans le lin pour se tisser une chemise par-dessus.

Bonie ouvrit de grands yeux. Eder secoua la tête avec une impuissance amusée.

S'il avait connu les véritables projets de son fils, ça l'aurait moins réjoui.

Évidemment, Lancelot se sentait un peu coupable, mais il agissait pour le bien de tous ! Après coup, son père serait très content.

Il songea vaguement que ses raisons d'aller à Lannion n'étaient pas toutes louables... Il adorait la ville. On y voyait bien d'autres merveilles que dans leur misérable village ! Il ne s'y était rendu que deux fois, avec Louise et sa mère, et il avait adoré farfouiller sur le marché et regarder les archers s'entraîner au papegault[1]...

Son père le fit brutalement redescendre sur terre :

— Quand tu auras apporté la toile au port,

---

1. Oiseau de bois perché en hauteur, sur lequel on s'entraîne au tir.

passe donc chez le cordier lui donner ce qui me reste de filasse. Et s'il veut te payer, dis-lui que...

— Que ce chanvre ne t'a rien coûté, qu'un ami te l'a donné, je sais.

— Voilà, approuva Eder. Ce pauvre homme a bien assez de malheurs, et il a tellement de mal à travailler !

Passer chez le cordier n'était nullement un problème : c'était en plein sur son chemin, en haut de la Vieille Côte. Car Lancelot avait moins que jamais l'intention de renoncer à son projet.

L'atelier du cordier s'annonçait sur le bord de la route par une auge à goudron, des barils, un chevalet de corderie et une grande roue. Un cordage était en cours de confection.

Depuis le courtil, le gamin, perdu au milieu de tiges de chanvre plus hautes que lui, le regardait venir avec des yeux effarés. Réalisant aussitôt qu'il craignait une mauvaise nouvelle, Lancelot lança très vite et d'un ton anodin :

— Est-ce que le chanvre est mûr ?

— Juste les pieds mâles, bredouilla le gosse.

Le cordier sortit alors de la masure. Ses joues étaient creuses, et il n'avait visiblement pas eu la force de se raser. On aurait dit un vieillard. Il remercia pour la filasse comme si on lui offrait un cadeau royal, mais il ne proposa pas d'entrer. Il ne le faisait jamais, de crainte d'essuyer un refus.

La « grand-route » n'était en réalité qu'un chemin plein de creux et de bosses où les chariots se brisaient les reins, et Lancelot songeait qu'il avait *de la chance* de ne pas avoir de carriole : on allait plus vite à pied. Comme disait Eder, leurs voleurs de mule leur avaient peut-être rendu un service. Allez savoir... Les chutes de cheval étaient meurtrières et, un jour, l'un d'eux aurait pu se tuer.

N'empêche, Lancelot regrettait leur mule et maudissait ceux qui l'avaient volée. Il n'était pas un saint comme son père. Pas du tout. Et il menaçait bien de ne jamais le devenir.

Il pensa ensuite à Philippot, à cause des champs de lin. En cette saison, ils étaient magnifiques, tout bleus. Sûr qu'à cet instant, Philippot était en admiration devant le sien. D'après lui, le lin aimait qu'on lui rende visite chaque matin, à l'heure où ses fleurs s'épanouissaient. Ensuite, comme on n'avait plus le temps de le regarder, les fleurs se refermaient de tristesse.

Lancelot croyait plutôt que les fleurs se fermaient dès que le soleil avait franchi le zénith, parce que c'était de grosses paresseuses qui aimaient dormir. Mais lui n'était pas poète.

Il arrivait près du menhir quand il sentit une petite main se glisser dans la sienne. Sûr que c'était le fils du cordier, il sursauta. C'est là qu'il découvrit avec stupeur... Bonie !

— Qu'est-ce que tu fais là ?

— J'y vais aussi, à Lannion.

— Tu es folle !

— Tu as dit à papa que ce n'était pas dangereux.

— Comment tu as su que j'y allais ?

— Je ne suis pas tombée de la dernière averse, moi !

Cristi ! Une gamine sur les bras ! Lancelot cherchait comment la réexpédier sans danger d'où elle venait, quand il entendit des cloches au loin. Le son lui parvenait à peine, mais c'était bien le tocsin. Le tocsin ! Des troupes de royaux étaient dans les parages !

Curieusement, l'église n'annonçait jamais les ligueurs, comme s'ils étaient moins dangereux. Cela traduisait clairement le parti du recteur.

La cloche de Trédrez répondit, puis sans doute celle de Locquémeau (il était trop loin pour l'entendre). De proche en proche, on mettait en alerte tous les environs. Bonie se serra contre lui. Pourvu que les troupes ne se trouvent pas dans le coin !

— Lancelot..., dit Bonie d'une petite voix.

— Quoi ?

— Il y a des gens...

Le garçon se retourna. Des combattants armés de fourches arrivaient sur la route, et on sentait la haine dans leur pas. Lancelot se crispa. Tout le magnifique courage dont il se croyait pourvu s'envola.

— Foutez le camp de là, les gamins ! cria un des hommes.

Lancelot tira aussitôt Bonie vers le fossé, mais un autre les interpella :

— Attendez ! (Il s'approcha). Vous êtes les gosses du tisserand, hein ?...

C'était un paysan de Trédrez – Lancelot le reconnaissait – et il poursuivit d'un ton grinçant :

— Il y a une chose que j'aimerais bien savoir : pour qui il est, votre père ? Pour le roi ou pour la Ligue ?

Lancelot serra Bonie contre lui. Il cherchait avec un peu d'affolement à évaluer s'ils avaient affaire à des ligueurs ou à des royaux, pour savoir que répondre. L'homme lui fit signe de se taire, se pencha en avant, appuya les mains sur ses genoux et regarda Bonie sous le nez.

— Toi, la petiote, tu vas nous le dire. La vérité sort de la bouche des enfants.

Lancelot sentit une bouffée de chaleur lui brûler les joues. C'est alors que le chef de la troupe déboucha du virage. À cheval et armé d'un mousquet[1], la poitrine protégée par une cuirasse. Le seigneur Briant Kerninon ! Ces hommes étaient des ligueurs ! Il fallait dire...

— Nous, on n'est pour personne, répondit Bonie. On tisse pour tous.

Lancelot suspendit son souffle. « On tisse pour tous », était une petite rengaine humoristique de leur père imitant le bruit du métier à tisser, mais le paysan ne le saisit pas. Il se redressa lentement et grogna :

— Eh bien, il n'a pas raison, ton père. Il doit prendre un parti, et le bon !

— Au moins ce n'est pas un ennemi, ricana son voisin.

Lancelot recommença à respirer. Merci papa !

Il y eut des cris et des vociférations. Une autre bande arrivait en face et se mit aussitôt à gueuler :

— Pour le roi !

Les royaux !

— Aux armes ! brailla Kerninon à pleins poumons.

Des coups de feu claquèrent. Pétrifiée de frayeur, Bonie mit ses mains sur ses oreilles. Lan-

---

1. Ancêtre du fusil.

celot l'attrapa par le bras, sauta dans le fossé et, courbé en deux, se faufila au milieu des longues tiges d'oseille sauvage en la tirant derrière lui.

Il n'aurait su expliquer comment il avait fait, mais c'était la bonne réaction. Il s'en rendit compte quand ils arrivèrent dans le virage. Alors il remonta sur la route, extirpa vivement Bonie du fossé et souffla :

— J'espère que tu sais courir vite.

14

Alerte !

Ils ne s'arrêtèrent qu'en arrivant en vue de la cabane du cordier. Là, dominant le village et la mer, ils s'assirent sur une pierre pour reprendre leur souffle.

— Pas un mot, hein ? chuchota enfin Lancelot d'un ton expirant.

Et il leva les yeux vers la grande baie blanche qui s'étirait au soleil. Jamais il n'avait été plus heureux de la retrouver. Nulle part ailleurs l'eau ne montait comme ici, en glissant sur le sable une jolie langue ourlée de blanc.

— On ne parle même pas de la bagarre au menhir, reprit-il. Compris ? Sinon ça prouvera qu'on y était.

Bonie secoua nerveusement la tête, ce qui ne rassura aucunement Lancelot. Sa sœur avait été très effrayée et semblait toujours sous le choc. Il valait mieux attendre qu'elle ait repris figure humaine. Lui aussi, d'ailleurs, avait encore les jambes flageolantes.

Ils repartirent quand ils sentirent qu'ils avaient bien toute leur tête. Toute leur tête, c'était vite dit, et Lancelot s'inquiétait pour Bonie. Mentir la rendait malade, rien que l'expression de son visage la dénonçait. Il réalisa qu'il aurait été plus inspiré de lui faire prêter serment : avec un serment, on n'avait pas l'impression de mentir, juste de respecter sa parole. Seulement, c'était trop tard, ils arrivaient à la maison.

Louise avait préparé des galettes de blé noir, plus économiques que le pain car on pouvait moudre soi-même le grain : on n'était pas obligé d'utiliser le moulin du seigneur et, donc, de payer.

Lancelot voyait le trouble sur le visage de Bonie et il sut qu'elle allait craquer. Il chercha vite quelque chose qui détourne son attention et se rappela fort à propos la question qu'il voulait poser à son père depuis longtemps :

— Pourquoi est-ce que, l'autre jour, on t'a fait

remarquer que tu étais bien placé pour connaître les pèlerins du Tro-Breiz ?

— Parce que... j'ai moi-même accompli ce pèlerinage.

— Tu ne nous l'avais jamais dit !

— Non ? C'est que ça n'a pas une grande importance... Et il y a si longtemps.

— Avant notre naissance ? demanda Lancelot. Alors c'est peut-être ça qui vous a permis d'avoir des enfants, à maman et toi.

— Peut-être, dit Eder. Enfin... nous avions déjà Louise.

— J'ai déjà accompli un pèlerinage, moi ? s'exclama Louise, amusée.

— Tu avais deux ans. Et, à la vérité, tu n'as pas marché tout le temps.

Eder lui adressa un clin d'œil et ils rirent ; même Bonie, qui sembla un peu se décongestionner.

— Vous marchiez dans quel sens ? demanda Lancelot.

— Dol-de-Bretagne, Saint-Malo, Saint-Brieuc, Tréguier...

Lancelot le regarda, intrigué.

— Dans cet ordre-là ? Mais, en partant de Saint-Michel, c'est d'abord Tréguier. Ou alors, si on choisit l'autre sens, Saint-Pol-de-Léon. Ensuite Quimper, Vannes et Dol...

Eder hésita un instant, puis il sourit.

— Je vois que mes leçons de géographie ont porté leurs fruits. Nous ne sommes pas partis de Saint-Michel. Nous n'habitions pas ici.

— Ah bon ? Et où, alors ?

— ... Loin... Vous ne connaissez pas.

Les trois jeunes regardèrent leur père avec étonnement. Il paraissait très mal à l'aise.

— Ça s'appelait comment ? insista Lancelot.

— C'est sans importance, laissons cela. Je n'ai pas aimé cet endroit, je n'ai pas envie d'en parler. Chez nous, c'est ici. C'est un beau pays.

Et là, Bonie éclata en sanglots.

— Il y a... il y a des hommes très vilains et pas rasés. Et même des beaux seigneurs avec des chevaux... ils ont des fourches et... et...

Eder la fixa avec étonnement. Il pensa qu'il s'agissait d'un de ses cauchemars, mais n'eut pas le temps de s'informer plus avant, car l'aubergiste s'égosilla dans la rue, et ils sortirent tous.

En bas de la Vieille Côte, devant l'auditoire de justice, il y avait un attroupement.

— Il paraît que ça s'étripe du côté de Plestin ! leur lança l'aubergiste. Les royaux veulent se venger, ils ont abattu cinq sentinelles qui gardaient la route, et ils se dirigent vers le bourg.

Plestin ? Lancelot et Bonie se regardèrent. Ils n'y

comprenaient rien. Les troupes se trouvaient à l'opposé, sur la route de Lannion !

On entendit alors le pas précipité d'un âne qui descendait la Vieille Côte. Le meunier, pressant la bête à coups de baguette, cria – d'une voix saccadée tant il ballottait sur son dos :

— Au menhir ! On se bat au menhir !

— Bonté de Dieu ! lâcha l'aubergiste. Des deux côtés ! Cette fois on est bon. On est encerclé. Si on n'y laisse pas nos rognons... !

On passa la nuit dans la terreur. Bonie hurla plusieurs fois, mais jamais elle ne dit ce qui s'était réellement passé le matin, et les autres crurent qu'elle était toujours hantée par la bataille de la grève, où tant de sang avait coulé.

Au matin, on trouva la grand-rue méconnaissable, envahie de vieux, de femmes et d'enfants. Affolés, ils avaient fui Plestin. Leurs maisons avaient brûlé sans qu'ils puissent rien sauver et ils étaient là, démunis. Certains pleuraient, gémissaient, d'autres semblaient ahuris, sans réaction. Anne Le Coz, Alain Lentaff, Yvon Moriou... On citait comme une litanie les noms de ceux dont les maisons avaient disparu dans les flammes.

— Et Roland Prat, s'informa Eder, on en a des nouvelles ?

— Celui-là, il s'en est tiré. Je l'ai vu hier au soir. Il sortait de chez Ollive. Il était en train de sauver les meubles, qu'il disait. Maintenant, je me demande bien s'il n'était pas en train de piller.

Les discussions s'emballèrent. En repartant, les requins n'étaient pas passés par Saint-Michel mais, sur les hauteurs de Kerhuel, on avait eu moins de chance. Tous les moutons des Philippot avaient été emportés, et leur lin écrasé. Ils ne décoléraient pas. Le vieux avait même l'air si marqué qu'on se demandait si ça n'allait pas le tuer.

C'est ce jour-là que Perceval fit son premier vrai sourire. Alors on se dit que la vie continuait, malgré tout. Qu'un matin suivait l'autre. Que les hommes finiraient par recouvrer la raison et que cette horreur prendrait fin.

Eder se remit au tissage. Grâce au chanvre récolté dans les courtils, son métier chantait de nouveau. La sécheresse de l'air rendait le fil rêche et difficile à tisser, mais il était bon de travailler, ça calmait les angoisses. Comme il regrettait l'absence de sa femme ! Comme il aurait aimé pouvoir partager avec elle ses terreurs, ne pas avoir à se modeler seul, quotidiennement, un visage lisse et serein.

— Je dérange ? demanda une voix, à la porte.

Prat !

— Je vois..., ricana Prat en observant la pièce. Il n'y a plus rien de valeur, ici. Curieux, hein ? Je n'ai pas le temps de discuter. Prépare-moi une autre bourse pour demain.

— Où veux-tu que je la prenne ? s'exclama Eder en songeant qu'il serait prudent d'expédier de toute urgence ses enfants au loin.

— Tss tss tss... Tu es un tisserand réputé, tes crées se vendent au prix fort, tu as forcément amassé un magot.

Eder respira pour ne pas s'effondrer. Il ne s'en sortirait pas. Il ne s'en sortirait pas.

À Lannion, il connaissait un couple à qui il pouvait confier ses enfants. Il était prêt à sacrifier pour cela l'argent des dots. Mieux valait des filles en vie qu'une dot sans objet.

— On me doit de l'argent, commença-t-il pour gagner du temps. Demain, c'est trop court, je n'aurai pas le temps de le récupérer. Donne-moi jusqu'à dimanche.

— Samedi, rien de plus.

— Est-ce digne d'un homme qui se bat « pour Dieu » ? Du temps que nous étions ensemble sur le Tro-Breiz, tu avais plus d'idéal.

— J'étais jeune, dit Prat avec un sourire mauvais.

Il ne précisa pas que ses parents, désespérés par

ses mauvais coups, avaient exigé qu'il effectue le pèlerinage pour obtenir leur héritage. Ils souhaitaient même qu'il aille demander la bénédiction du pape ! Heureusement, ils étaient morts avant.

Prat regarda autour de lui. La seule chose qui ait un peu de valeur, c'était la toile de lin. Il marcha vers le panier d'osier où dormait un nourrisson.

Eder se précipita et récupéra Perceval avant qu'il n'atterrisse par terre. Effrayé, le petit fut pris d'une sorte de suffocation, puis se mit à hurler. C'était la première fois que ça lui arrivait. Eder le serra contre lui en lui parlant doucement à l'oreille.

Sans leur accorder la moindre attention, Prat se dirigea vers l'étagère, attrapa le rouleau de crée et le glissa dans le panier.

Le pire fut qu'il entassa par-dessus tous les petits coupons. Puis il chargea le panier sur son dos en passant les bras dans les ouïes et sortit en lâchant :

— Trois jours.

Oppressé, Eder regarda le panier s'éloigner, ce panier si caractéristique dans lequel il avait trouvé Bonie. Prat avait emporté les coupons, et en particulier celui où...

Une sueur glacée se mit à couler dans son dos.

15

Une insupportable attente

Le tocsin sonnait de nouveau. Eder ne s'y habituait pas, cependant il avait moins peur depuis qu'il savait ses enfants à l'abri derrière de solides remparts. Il les avait envoyés la veille à Lannion, en profitant d'un convoi du seigneur de Coatrédrez qui allait y chercher armes et munitions. Car Lannion, à la différence de Morlaix, avait pris parti pour le roi Henri IV.

Eder n'avait gardé que Perceval, qui ne pouvait se passer de la nourrice. Le tocsin se calmait à peine qu'il entendit vociférer du côté du ruisseau et qu'une tête émergea de la ravine.

C'était Philippot le père. Armé d'une fourche, visiblement hors de lui, il gueula :

— Ils ne l'emporteront pas en paradis, ces foutus royaux ! Ils ont volé mes moutons et saccagé mon lin. Ils verront qu'on ne se frotte pas impunément à Philippot !

Derrière lui, une dizaine d'autres victimes, tout aussi excitées, brandissaient des armes de fortune.

— Les royaux sont dans le coin ? s'inquiéta Eder.

— La garnison de Tonquédec. Ils se battent contre nos ligueurs.

Philippot désignait les hauteurs de Trédrez.

— Quels ligueurs ? demanda vivement Eder en espérant qu'on lui répondrait que c'était la milice de Plestin. Si Prat pouvait y perdre la vie !

Comme il avait changé ! Voilà qu'il souhaitait la mort d'autrui.

Malheureusement, on lui répondit qu'il s'agissait des ligueurs de Trédrez et de Ploulec'h.

— Soyez prudents, conseilla-t-il. Les royaux de Tonquédec sont solidement armés.

— Dieu veillera sur nous ! brailla Philippot en s'éloignant.

Une clameur sauvage ponctua ses paroles.

Eder regarda les guerriers improvisés remonter vers la rue. Il doutait que Dieu se prononce pour l'un ou l'autre des partis. Catholiques, protestants, étaient tous Ses enfants, et Il devait être bien affligé de voir ce qui se passait ici.

Il rentra et se remit à tisser. Il ne craignait pas les soldats de Tonquédec, puisqu'ils étaient menés par le sieur de Coatrédrez. Et puis, il avait d'autres préoccupations. On était samedi et il devait donner de l'argent à Prat s'il ne voulait pas qu'on lui tue « accidentellement » un enfant.

Une nouvelle fois, il pensa aux coupons de toile emportés. Il n'avait pas peur pour lui, il était vieux et il pouvait mourir, mais ses petits...

Le cœur serré, Eder attendit. Par moments, lui passaient par la tête des idées folles, comme celle de tuer Prat de ses mains. En des temps épouvantables, le monde n'en était plus à un meurtre près.

Mais lui, si. Ou alors, il n'était plus l'être humain qu'il prétendait.

Le soir vint, et Prat n'avait toujours pas paru. À chaque fois que l'espoir lui caressait le cœur, Eder se ramenait vite à la raison. Il avait trop souffert, il savait combien la vie était cruelle.

Le soleil allait se coucher lorsque le glas sonna, informant qu'il y avait eu encore des morts. Eder descendit jusqu'à la place.

— Des volontaires pour aller chercher nos

défunts ! criait le recteur en brandissant un papier. Des volontaires pour aller chercher nos défunts !

Une fois le village rassemblé, il lut à haute voix les noms des morts de l'affrontement. Prat n'y était pas, mais – hélas – il y en avait trois de la paroisse, dont Philippot le père.

Quel malheur ! La liste ne finirait-elle donc jamais de s'allonger ? Quand tout cela s'arrêterait-il ?

L'aubergiste, toujours premier informé vu l'emplacement stratégique de son commerce, annonça que des réfugiés venaient d'arriver de Plestin, et que le bourg brûlait de nouveau.

Plestin ! Était-ce pour cela que Prat n'avait pas donné signe de vie ?

Eder entra vite dans l'auberge. Une femme sanglotait, son mari était rouge de fureur, et trois enfants regardaient autour d'eux d'un air apeuré.

— Que se passe-t-il à Plestin ? s'informa-t-il.

— Plus de vingt maisons en feu, et ça se bat dans tous les coins.

— J'ai une connaissance là-bas. Un nommé Prat.

— Prat, sa maison était toujours debout quand on est parti.

— Et lui, vous avez de ses nouvelles ?

— On ne l'a pas vu depuis deux jours. Et s'il ne revient pas, tout sera pillé chez lui.

*

On trouva le corps de Philippot sur la lande de Trédrez. Il tenait toujours sa fourche à la main. Il ne l'avait pas lâchée, même dans la mort. Sa poitrine avait été traversée de part en part par une balle au niveau du cœur.

Comme il n'y avait plus guère d'animal de trait dans Saint-Michel, on chargea les cadavres sur une charrette à bras qu'on tira à tour de rôle pour ramener les morts chez eux. Eder était allé aider, c'était le moins qu'il puisse faire pour ce pauvre Philippot.

Les chemins creux étaient pleins de trous et de pierres en saillie, et les convoyeurs avaient bien du mal avec leur lugubre chargement. Ils passaient le long de la grosse ferme de Porz-Jelegou, quand ils aperçurent un corps sur le chemin. Un tué, par ces temps de terreur, n'avait rien d'extraordinaire. C'était horrible à dire, mais on s'était habitué à côtoyer la mort. On se posa juste la question de savoir si un de plus tiendrait dans la carriole.

L'aubergiste, qui marchait devant, toucha l'homme du bout du pied pour s'assurer qu'il était bien passé de vie à trépas. Un nuage de mouches s'envola. Il se pencha alors sur le cadavre.

— Ce n'est pas un gars d'ici. Et il est raide depuis un moment.

Eder, s'approchant à son tour, n'en crut pas ses yeux. Prat ! C'était Prat !

— Je le connais, déclara-t-il en essayant de dissimuler son soulagement. Il était de la milice de Plestin.

— Ah bon ? Pourtant, celle-là, on ne l'a pas vue ces temps-ci. Et elle a plutôt l'habitude d'emporter ses morts. Vu comme le gars est raide, il y a bien deux jours qu'il est là.

Eder réalisa alors que deux jours, ça faisait remonter sa mort à jeudi. Le jour où il était passé chez lui et où il avait emporté ses toiles.

Qu'étaient devenus ses coupons ? De nouveau, la frayeur l'envahit.

— Ça, décréta l'aubergiste, c'est un coup de qui, à votre avis ? Regardez-moi comme il a été tué : cou brisé net. Pas de bruit, économie de munitions. Qui a la force de faire ça ?... Les frères Rannou.

Les autres acquiescèrent de la tête. Les frères Rannou étaient les lieutenants de la Charlezen.

La Charlezen ! Eder en fut pétrifié. La Charlezen ! C'était comme si la foudre lui tombait dessus.

16

Une révélation

Lancelot s'éveilla très tôt. Il faisait si chaud qu'on était obligé de dormir la fenêtre ouverte, si bien que l'agitation de la rue, dès l'aube, vous tirait du sommeil sans ménagement.

Et puis, il n'y avait pas que ça. Le bruit du ruisseau lui manquait, et le ronflement de la mer. Et, surtout, il avait terriblement peur pour son père. Eder était vieux. S'il se faisait attaquer, il ne saurait pas se défendre.

Et Perceval ! Lancelot n'aimait pas trop les nourrissons – qui ne savaient que manger et brailler – mais celui-là était son petit frère, et il ne pleurait jamais, et il était si mignon avec ses fossettes qui se creusaient quand il souriait... Il serait digne de la famille. Un vrai Laurégan ! Pourvu qu'il ne leur arrive rien, ni à l'un ni à l'autre !

Et eux, étaient-ils en sécurité ? Car Lannion n'avait rien du refuge qu'imaginait Eder. Il n'y avait certainement pas mis les pieds depuis longtemps : le château était en piteux état, et les remparts, éventrés, ne protégeaient plus personne. Rien à voir avec les solides murailles de Morlaix. L'avantage était qu'on ne vous demandait pas de jurer quoi que ce soit avant d'entrer.

Ils avaient appris grâce aux allées et venues des réfugiés que Plestin avait de nouveau brûlé et qu'il y avait eu des combats autour de Saint-Michel. Que le village n'avait pas été touché, mais que Philippot le père était mort.

Soudain, il y eut des cris dehors. Lancelot sursauta et se pencha vivement par la fenêtre. Il respira mieux en s'apercevant qu'il n'y avait aucun danger... sauf pour la charrette à bras qui dévalait la rue en direction de la place, semant consciencieusement carottes et choux sur son chemin. La marchande de légumes la poursuivait en lui hurlant des injures de soudard et tout le monde s'exclamait. Un porteur d'eau n'eut que le temps de bondir de côté, renversant du même coup un de ses seaux sur la chaussée. La marchande patina sur l'eau et, en un clin d'œil, se retrouva les quatre fers en l'air, étalant aux yeux du public rigolard le ballet de ses jupons sales.

Quand même... Il aimait Lannion. Sans le murmure du ruisseau et le grondement de la mer, mais avec ses joyeuses rues en pente, ses hautes maisons colorées... Comme celle où ils logeaient, celle de Mathurine et Guyon Le Goaz, dans la rue de la Porte au gruau[1]. Jamais de sa vie il n'en avait vu de plus grande : trois étages qui s'avançaient sur la rue, des escaliers en bois brillant, de belles fenêtres peintes en rouge sombre, le même rouge que celui des colombages qui dessinaient leur élégante ossature de bois sur la façade.

Il jeta un dernier coup d'œil hilare sur les ménagères qui récupéraient les légumes étalés sur la rue. Il en avait presque oublié ses soucis. Il était temps de descendre à la cuisine. Maintenant qu'il avait repeint quelques couleurs au monde, il commençait à avoir faim.

Louise et Bonie étaient déjà attablées avec Mathurine Le Goaz. Ici, pas de galettes de sarra-

1. Aujourd'hui rue des Chapeliers.

sin ou de bouillie d'avoine, on mangeait des œufs et de la charcuterie, des rôtis, du gâteau... Ça expliquait sans doute l'embonpoint de leurs hôtes. Il y avait dans leur cuisine des merveilles comme on n'en avait jamais vu : du sucre, du vin de Bordeaux et des épices arrivant de Venise...

— Assieds-toi, dit Mathurine en servant à Lancelot une épaisse soupe de légumes à la saucisse. Profites-en. Le gouverneur a eu des nouvelles de Paris, et la situation là-bas est terrible. On y a mangé tous les chiens, les chats, et même les rats.

— Le roi l'assiège toujours ? s'informa Louise.

— C'est sa ville... Tant qu'il n'est pas dans Paris, il ne peut guère considérer qu'il règne. Mais Henri IV est un homme de cœur, et il ne confond pas les ligueurs avec l'ensemble de la population. Il a donné aux femmes et aux enfants l'autorisation de sortir.

Lancelot, qui avait toujours trouvé ce roi plutôt sympathique, se sentit encore plus de son côté. Bien que, comme le disait son père, ils ne soient « pour personne » et tissent pour tous...

Le maître des lieux, Guyon, s'exclama en entrant :

— Les royaux ont pris Saint-Denis !

Le banc plia sous son poids quand il s'assit, et

Bonie, légère comme une plume, dut se retenir à la table.

— Qu'est-ce que c'est, Saint-Denis ? demanda-t-elle.

— C'est l'endroit où on enterre les rois de France. Tout un symbole !

Une cloche se mit à sonner et les Laurégan se tendirent. Mais ce n'était pas le tocsin, juste la *campane* qui réunissait le gouvernement de la ville.

— Alors, demanda gaiement Guyon en avalant sa soupe à grands bruits, que faisons-nous aujourd'hui ?... Toi, la petiote.

— Je vais avec Mathurine acheter des clous.

— Moi, précisa Louise, je suis de cuisine.

— Oh oh ! Pas de promenade en ville, aujourd'hui ?

— J'ai trop fait les boutiques, répondit Louise d'un air faussement malheureux. Les horlogers, les sculpteurs, les cordonniers, les orfèvres... Tout me fait envie. Des tentations à vous vider une bourse plus vite que les brigands de la Charlezen.

Tout le monde rit.

— Moi, dit alors Lancelot, si maître Guyon veut bien...

— Évidemment que tu viens avec moi, fils ! Nous descendons au port.

Guyon était armateur. Ses bateaux allaient se

ravitailler en Angleterre et, dans une Bretagne saignée par la guerre, il faisait de très bonnes affaires. Comme disait Mathurine, c'était un sacré débrouillard.

— J'ai des chargements à contrôler, reprit-il, du froment, du bois de construction et du sable de mer... Prends une plume et du papier, fils.

Lancelot se leva pour rassembler le matériel. Il était reconnaissant à son père de lui avoir appris à écrire, il pouvait au moins rendre service à Guyon et payer, par son travail, la générosité de l'armateur. Car Guyon et sa femme avaient refusé la moindre rétribution pour les héberger. Ils étaient bien dignes d'être les amis de leur père !

D'ailleurs, ils s'étaient rencontrés durant le Tro-Breiz.

Lancelot n'avait pas encore osé poser de question à ce sujet, mais la manière dont son père parlait de ce pèlerinage – comme à contrecœur – l'intriguait. Aussi, il était prêt à sauter sur la première occasion pour en savoir plus. Et l'occasion se présenta quand, passant devant l'église du Baly, Guyon lui fit remarquer l'inscription précisant que sa tour avait été commencée en l'an 1519.

— Elle était finie, quand vous êtes parti pour le Tro-Breiz ? interrogea-t-il.

— Ma foi, répondit l'armateur pris de court, sûrement. Le Tro-Breiz, ça remonte à... 1575.

— Mes parents n'habitaient pas encore à Saint-Michel. Vous savez d'où ils venaient ?

— Ton père ne t'en a pas parlé ?

— Il prétend que c'est sans importance.

— Alors, sans doute a-t-il raison.

Lancelot regarda l'armateur avec surprise. Était-ce si secret ? Du coup, il ragea intérieurement de ne pas avoir plutôt dit : « Je ne me rappelle plus d'où ils venaient. » Il aurait peut-être eu le renseignement.

— Vous le savez, vous ? insista-t-il.

Le gros marchand regarda Lancelot de ses petits yeux futés et déclara :

— Je vais te dire, Lancelot. Ton père, je ne sais rien de lui. Je crois que personne ne sait rien, néanmoins c'est quelqu'un de bien. Ça, tu ne dois pas l'oublier.

Lancelot en fut encore plus stupéfait. Il prenait conscience pour la première fois que, non seulement son père ne leur parlait jamais de son passé, mais qu'il n'en avait apparemment jamais parlé à personne.

Et sa mère ! Elle ne leur avait rien raconté non plus ! C'était une conspiration ou quoi ?

Bah... À dire vrai, il n'avait pas posé de question.

Que ses parents aient eu une vie avant lui était évident, même s'il n'avait pas jugé bon de s'en informer jusqu'à ce jour. Il songea que Louise avait cinq ans de plus que lui, qu'elle avait toujours été proche de leur mère, et qu'elle savait probablement quelque chose à ce sujet. Il lui en parlerait après le déjeuner.

C'était son intention, seulement rien ne se passa comme il l'avait prévu.

Ils avaient à peine fini le repas qu'arriva un maître verrier. Il venait poser des carreaux en verre sur les fenêtres, à la place de la traditionnelle toile huilée, ce qui en disait long sur la richesse de l'armateur.

Le maître verrier était un familier, un compagnon de ce fameux Tro-Breiz, lui aussi. Guyon lui présenta donc les enfants, en précisant qu'ils étaient ceux d'Eder Laurégan.

— Mon dieu, qu'ils sont beaux ! s'exclama le verrier. Et déjà une grande jeune fille ! Quel âge avez-vous, ma belle ?

Lancelot, qui regardait à ce moment vers Mathurine, aperçut sur le visage de la grosse dame une petite crispation qu'il ne comprit pas.

— Dix-sept ans, répondit Louise.

L'homme eut l'air étonné et répéta en la regardant :

— Dix-sept ? Moins que ça, non ?

— As-tu entendu parler du siège de Paris ? coupa rapidement Mathurine. Le bruit court qu'on y déterre les squelettes des cimetières pour moudre leurs os en farine et faire du pain.

Bonie ouvrit des yeux horrifiés, mais ni l'homme ni Louise ne se laissèrent distraire. Le rouge était monté aux joues de la jeune fille et elle demanda d'un air vexé :

— J'ai l'air si jeune ?

— Ce n'est pas ça, c'est que notre Tro-Breiz date de quinze ans ! Hein les amis ? Et les Laurégan n'avaient pas d'enfants. Je me trompe ?

À la tête de Guyon et de Mathurine, il dut sentir qu'il avait commis une bévue et se frappa le front en ajoutant rapidement :

— Bien sûr, je confonds les dates. Ma mémoire n'est plus ce qu'elle était.

Et il se mit à rire trop bruyamment.

Il ne convainquit personne. Et surtout pas Lancelot à qui son père avait appris le calcul, et qui compta que 1590 moins quinze était bien égal à 1575, la date que Guyon avait donnée. En plus, Eder avait indiqué que Louise avait effectué le pèlerinage, et cet homme disait qu'il n'avait alors pas d'enfant...

Le verrier, l'air subitement très pressé, entraîna Guyon dans l'escalier sous prétexte d'aller voir les fenêtres à traiter. Dans la salle, on aurait entendu une mouche voler.

— Je suis... la fille de qui, alors ? demanda lentement Louise.

Et, soudain, reparurent devant ses yeux les images de son cauchemar habituel : la route, les cailloux, son chagrin, cette impression de terrible solitude. Et cela bien que, entre ses larmes, elle aperçoive le visage de ses parents...

— Tu comprends, commença Mathurine d'un air gêné, que ce n'est pas à moi de te le dire, c'est à Éder. S'il le veut.

Louise demeura muette, les dents serrées. Il fallait qu'elle parle à Eder Laurégan, les yeux dans les yeux.

— Nous rentrons à Saint-Michel, déclara-t-elle d'un ton sans réplique.

— Oh non ! s'exclama Mathurine avec tout autant d'assurance. Je suis responsable de vous, je ne vous laisserai pas partir ainsi. Eder m'en voudrait terriblement et il aurait raison.

Bonie saisit alors la main de Louise et affirma avec grand sérieux :

— Même si tu n'es pas notre sœur, nous, on t'aime tout pareil.

Louise prit une courte respiration, comme pour répliquer quelque chose, et se retint au dernier moment. Finalement elle sourit et serra Bonie contre elle avec émotion.

— Je n'en doute pas un instant, ma colombe, dit-elle. Tu seras toujours ma petite sœur.

17

Deux retours inespérés

Malgré la chaleur, Eder n'osait aérer. Le temps était passé où portes et fenêtres restaient ouvertes à tout vent, où l'on quittait sa maison sans même penser à la fermer. Le temps de la confiance était révolu, et ça lui paraissait terrible pour le monde.

Depuis longtemps, il ne dormait plus guère mais, ces derniers jours, c'était pire que tout. Les soucis l'assaillaient, et le vide de sa maison lui donnait la nausée. Il avait beau se dire que ses enfants étaient en sécurité, il ne pouvait se défendre de cette terreur qui le submergeait en plein sommeil. La terreur que tout recommence.

Des enfants, il valait mieux ne pas en avoir. C'était une telle souffrance. Une insupportable souffrance.

Il s'assit dans son lit. Il était en sueur. Ce qui l'avait réveillé, ce n'étaient pas les cauchemars habituels, c'était un grincement... Lugubre. La charrette de l'Ankou !

Il respira mieux.

Il était bien le seul dans ce cas. Il était aussi le seul à savoir que cette charrette n'était pas celle de l'Ankou, mais celle de Marguerite. Marguerite, que tout le monde appelait « la Charlezen ». Elle avait trouvé ce subterfuge pour transporter son butin sans être inquiétée : il lui suffisait de ne pas graisser les essieux.

La charrette s'approchait, s'approchait...

Elle s'arrêta au bout du passage qui menait chez lui. Les yeux grands ouverts, Eder écouta. Pendant un moment, il n'y eut plus un bruit. Ou, plutôt, juste un frôlement près de sa porte, que lui seul pouvait détecter. Personne n'essaya d'entrer. Un instant plus tard, les roues sonnèrent de nouveau sur les cailloux et le grincement s'éloigna.

Qu'avait apporté Marguerite ? Une bourse ? Étrange, car elle lui en avait déposé une peu de temps auparavant, et assez bien garnie pour nourrir sa fille pendant des mois.

Car Bonie était la fille de la Charlezen, Eder en était persuadé. D'ailleurs, la petite avait sa belle toison de cheveux blond-roux et son visage plein. Heureusement, personne au village n'y avait jamais prêté attention, puisque tous croyaient qu'elle était née dans son foyer.

Il fallait reconnaître qu'Eder n'avait jamais eu aucune preuve de ce qu'il avançait, cependant il avait connu la Charlezen du temps qu'elle attendait un bébé. Elle lui en avait parlé. Elle lui avait aussi raconté qu'elle était devenue chef de bande poussée par la nécessité, mais qu'il n'était pas si facile de vivre en marge de la société, et elle se doutait bien qu'elle finirait pendue. Elle ne voulait pas de cette vie-là pour son enfant.

Il lui avait répondu qu'il avait déjà deux petits, et qu'un de plus ne lui ferait pas peur. Ils ne s'étaient rien dit de plus. Quelque temps plus tard, les roues de la charrette avaient grincé dans la nuit de Saint-Michel et, au matin, il y avait un panier sur le seuil...

Mais la Charlezen ne pouvait tout de même pas savoir que la dernière bourse qu'elle avait déposée avait fini dans les serres de Prat !

Eder se leva, entrouvrit silencieusement la porte et demeura stupéfait. Cette masse sombre... Un panier !

Non... ! *LE* panier !

Eder le rentra vivement, referma la porte et alluma la lampe. C'était bien le panier dans lequel avait été déposée Bonie. Le gros rouleau de crée, les coupons... Il n'en croyait pas ses yeux. Il les compta. Tout y était !

Merci mon Dieu !

Le souffle court, il déroula vivement un des coupons, en souleva l'extrémité entre ses mains, et observa le tissu par transparence à la lumière de la lampe. C'était le bon ! Le message était toujours bien là, inscrit à l'huile sur la toile. C'était le coupon qu'il aurait dû faire porter par Lancelot le samedi suivant la malheureuse visite de Prat. Un retour miraculeux.

Les miracles ne résistaient guère à un examen scrupuleux des circonstances. Prat avait croisé le chemin de la Charlezen, et celle-ci était bien placée pour connaître ce panier. Tressé de deux teintes d'osier, il était très caractéristique, car assez haut pour se refermer complètement de manière à protéger un nourrisson de ses principaux ennemis : les cochons et les loups.

Un sourire éclaira le visage d'Eder. Tout était rentré dans l'ordre et personne n'avait découvert son secret.

Il gagna sur la pointe des pieds le berceau de

bois qu'il avait confectionné après la disparition du panier, se pencha vers Perceval et lui posa un léger baiser sur le front, en soufflant assez bas pour ne pas le réveiller :

— Notre panier est revenu !

Et, de nouveau, il pensa que les enfants étaient un cadeau du ciel.

Du coup, il dormit comme une masse jusqu'au matin, où il fut réveillé par Jacquette qui venait allaiter. Le petit n'avait pas pleuré pour réclamer, il ne le faisait jamais. Comme s'il ne voulait pas déranger.

La couturière, elle, semblait beaucoup plus agitée. Ce bandit de La Fontenelle était à Plouaret. Il avait tout saccagé, et on craignait de le voir prendre la direction de Saint-Michel. C'est que Plouaret se trouvait à moins de trois lieues ! Eder la rassura :

— Notre pauvre village ne l'intéresse sûrement pas, il convoite autre chose que trois poules et deux lapins.

C'était vrai. Les avertissements outrés du Parlement de Bretagne prouvaient bien que La Fontenelle n'était qu'un vulgaire bandit, même s'il s'abritait derrière le terme de *ligueur* pour écumer le pays. Il ne se privait pas de piller la campagne au passage, évidemment, mais il visait les gros poissons, gorgés de richesses : les villes. De préférence, en toute logique, celles tenues par les royaux.

L'alarme sonna subitement dans la tête d'Eder. Ville... Royaux... Lannion ! De Plouaret, La Fontenelle poursuivrait sur Lannion ! Mon Dieu, il n'y avait pas un instant à perdre !

— Pouvez-vous garder le petit, aujourd'hui ? demanda-t-il vivement à Jacquette. Il faut que je m'absente.

— Oui-da, répondit la couturière, surprise. Mais ce bandit ne viendra pas par ici, hein ?

— Non, je ne le crois pas, affirma Eder en décrochant sa veste.

Il attrapa son chapeau et, sans même penser à le mettre, prit la direction de la Vieille Côte.

*

* *

Les trois Laurégan furent réveillés par une rumeur qui s'enflait dans la rue. Ils crurent d'abord que c'était celle du marché qui se tenait sur la place toute proche du Marchallac'h, puisqu'on était jeudi. Puis ils perçurent des mots, et le nom de « La Fontenelle » frappa leur oreille.

— La troupe a écumé Plouaret et marche sur Ploubezre !

La frayeur les saisit. Ploubezre était à deux pas ! Et La Fontenelle, c'était autre chose que les milices villageoises qui pressuraient les campagnes. C'était une véritable armée de soudards assoiffés de butin !

Le tocsin sonna, provoquant un affolement général. Avant midi, le bandit ligueur serait ici. Les habitants se préparèrent à la résistance, enfouirent leurs biens les plus précieux dans des cachettes secrètes et vérifièrent leurs armes, tandis que les réfugiés bouclaient précipitamment leurs paquets.

— Partez tout de suite, mes enfants, ordonna Mathurine. Ils arrivent par le sud et votre route est à l'ouest, vous les éviterez. Il vaut mieux que vous rentriez chez vous. Suivez les autres réfugiés, vous ne serez pas seuls sur la route.

— Venez avec nous ! supplia Louise.

La brave femme secoua la tête avec véhémence.

— Si nous partons, notre maison sera pillée. Si nous devons mourir, nous mourrons, mais chez nous. (Elle eut un sourire entre tristesse et humour.) Nous n'allons pas abandonner une maison qui est en train de s'habiller de fenêtres de verre !

Une heure plus tard, les Laurégan reprenaient le chemin de Saint-Michel, chacun portant un sac contenant les écheveaux de lin que Lancelot avait négociés. Avec la caution des Le Goaz, il avait obtenu de la manufacture un dépôt de fils à tisser. Bien sûr, il faudrait rapporter la toile finie... Restait à espérer que La Fontenelle gagnerait vite d'autres cieux.

La panique qui précipitait les réfugiés sur les routes n'arrivait pas à atteindre Louise. En passant devant le cimetière des lépreux de Kermaria, elle songea aux cacous et se demanda si on avait retrouvé le corps du petit. Il y avait des malheurs pires que le sien. Si le cordier mourait, que deviendrait son fils ?

Mais au moins, lui savait qui il était. Elle, n'en avait aucune idée.

Elle regarda les gens autour d'elle. On marchait vite, le visage tendu, vers un avenir incertain. Leur vie à tous finirait peut-être brutalement sur ce chemin, et elle se tourmentait pour des idées !

Elle repensa à son rêve. Dans son rêve, il y avait beaucoup de gens, et une route, comme celle-ci. Elle devait être très jeune, car elle n'en gardait pas de souvenir véritable. Eder et sa femme étaient-ils réellement présents à ce moment ou les avait-elle introduits dans son rêve pour enrayer sa peur ?

Elle avait été recueillie ! Comme Lancelot,

comme Bonie, comme Perceval. Ils avaient tous été recueillis !

— Papa n'a jamais fait de différence entre nous, dit son frère. Il t'aime autant que moi. Qu'est-ce qui t'inquiète ?

— Fiche-moi la paix, Lancelot !

— Bon, bon... Moi, ce que j'en disais...

Louise détourna la tête pour s'empêcher de répliquer. Elle se sentait à deux doigts de lui jeter la vérité à la figure : Eder n'avait aucune raison de marquer de différence, puisque aucun de ses enfants n'était de lui, Lancelot pas plus que les autres.

Elle ne devait pas prendre les choses de cette façon, son frère n'était pour rien là-dedans et, même, il essayait de la consoler. En plus, se croyant le seul vrai Laurégan, il ne le lui faisait pas sentir. C'était un gentil garçon, le digne fils d'Eder...

Elle se souvenait très bien du jour où ils l'avaient recueilli. Elle avait six ans. Une pauvresse s'était présentée à leur porte pour demander l'aumône. Une veuve, sans ressources, avec quatre marmots accrochés à sa jupe, le plus jeune marchant à peine. Elle avait supplié qu'on la soulage un peu, car les aumônes qu'elle récoltait étaient insuffisantes pour nourrir quatre enfants. Alors on avait gardé Lancelot.

Seulement, ce n'était pas à elle de le lui révéler. Déjà, elle avait failli lâcher bêtement la vérité à Bonie. Heureusement qu'elle s'était reprise, elle aurait eu trop honte d'elle-même.

Pour que personne ne traite jamais Lancelot comme un *fils de mendiante*, Eder l'avait fait passer au village pour son véritable enfant. Il avait prétendu que sa femme avait accouché lors d'une visite à une amie de Tréguier, et que, n'ayant pas de lait, elle l'avait laissé en nourrice pendant sa première année. Tant de gosses étaient élevés de cette manière que cela avait paru vraisemblable, et que personne n'avait douté. Sauf que Louise se rappelait parfaitement ce voyage à Tréguier, où aucun petit frère n'était né. C'est là qu'elle avait dû jurer pour la première fois de ne jamais rien dire, ni au petit frère ni au village.

Bonie, elle, n'avait que quelques heures quand elle avait été déposée, il avait suffi de prétendre que leur mère en avait accouché dans la nuit. Quant à Perceval, il était le *fils naturel* d'Eder.

Et pour elle ? Qu'avaient-ils inventé ? Comment était-elle arrivée chez eux ?

Et dire qu'elle s'imaginait que seuls les trois autres avaient été recueillis ! Un sourire amer se dessina sur son visage. Lancelot, lui, pensait que seuls Bonie et Perceval l'étaient. Quant à Bonie, elle croyait que cela ne concernait que Perceval...

Une vague incontrôlable monta soudain dans sa poitrine. Quelle idiote ! Comment ne s'était-elle jamais doutée de rien !

Et, sous le regard éberlué des autres, elle éclata de rire.

Ils avaient passé le pont sur le Léguer et remontaient la pente de l'autre côté de la vallée quand une cloche s'affola de nouveau. On tressaillit. On reconnaissait ce tintement caractéristique. On se retourna aussitôt vers le sommet de la colline qui dominait Lannion, et où s'étirait la vieille église de Brélévenez.

— Que Dieu garde Lannion, chevrota une voix. Que Dieu nous garde !

Alors, arrêtant un instant leur fuite, tous fixèrent le clocher pointu surgissant des balustrades de pierre de la grosse tour carrée. Jamais ils ne l'avaient regardé de cette façon, comme on regarde un homme qui va se noyer et tente encore bravement de tenir la tête hors de l'eau. Leurs lèvres commencèrent à remuer. Ils murmuraient une prière qui enveloppa le clocher de pierre rose, courut le long du dos gris de l'église, survolant les porches jusqu'à la rondeur de l'abside, puis descendit les pentes de la ville. Une prière pour que Dieu épargne la cité.

Les trois Laurégan eurent une pensée pour Guyon et Mathurine, qui restaient là, en danger. Puis ils songèrent que le danger était partout, et qu'ils pouvaient tous être morts l'instant d'après...

— C'est papa ! cria Bonie en montrant la route, devant eux.

Et elle se mit à courir.

Louise les regarda se jeter dans les bras l'un de l'autre et vit le visage de son père s'éclairer. Sans plus réfléchir, elle se précipita à son tour pour l'embrasser.

Jamais, jamais elle ne lui ferait de peine par ses questions. Ils étaient tous vivants, ensemble, et rien d'autre ne comptait.

Eder serra ses enfants contre lui en luttant contre les larmes. Aujourd'hui était un si beau jour ! Ils étaient saufs et, en plus, il avait récupéré ses coupons de toile. Deux bonheurs en même temps ! Dieu était bon avec lui. Il oublia de nouveau que, des années auparavant, sa femme et lui s'étaient juré de ne plus avoir d'enfants.

18

Deux découvertes

La Fontenelle était entré dans Lannion, l'avait mise à sac et avait même détruit toutes ses archives – qui pourtant n'étaient ni des armes ni des richesses.

Qu'étaient devenus Mathurine et Guyon ? Pas moyen de le savoir. Plus personne ne pouvait entrer ou sortir de la ville.

Une mauvaise nouvelle n'arrivant jamais seule, de l'autre côté, à Morlaix, le Conseil avait levé une nouvelle compagnie d'arquebusiers, deux cents hommes auxquels il avait accordé le droit de pillage sur les paroisses ennemies situées au-delà de Plestin.

Pour la situation géographique, Saint-Michel était concerné... mais n'était pas ennemi. Sauf que le village n'avait pas juré fidélité à la Ligue, et cela pouvait être interprété par des pillards comme ils le voulaient.

Se préparant sans cesse au pire, on ne laissait plus rien en vue, à part les objets courants. Il ne fallait pas non plus donner l'impression d'avoir organisé le désert autour de soi ; aussi, chez les Laurégan, la maison semblait pleine. C'est seulement en regardant dans le détail qu'on s'apercevait qu'il n'y avait sur les étagères que des assiettes en bois, des pichets ébréchés et des coquillages de la grève, qui servaient de coupelles.

Lancelot souleva fièrement la toile qu'il avait tissée de ses mains pour la descendre à la cave. Elle était faite du lin qu'il avait négocié à Lannion... Il poussa un sac de farine pour se frayer un passage vers l'étagère creusée dans le mur et marcha sur quelque chose. Quelque chose qui était dissimulé sous le sac...

C'était un gros livre relié en cuir.

Une bible ! Pourquoi son père la cachait-il ? Peu de gens en possédaient, il aurait dû en être fier !

Il l'ouvrit. Elle était écrite en français ! Il en resta sidéré.

Une bible en français, c'était une rareté – à part pour les protestants qui, disait-on, voulaient la lire personnellement. Son père avait sans doute peur qu'on le prenne pour un de ces huguenots. Et, même s'il allait à la messe chaque dimanche, il valait mieux ne pas courir de risques.

Lancelot remit le livre à sa place. Son père était d'un naturel si anxieux qu'il valait mieux ne rien lui dire. S'il le savait au courant, il s'angoisserait inutilement.

La cloche de l'église annonçant huit heures du matin, Lancelot remonta vite. Il avait promis à Philippot de l'aider à ramasser le lin vu que, depuis la mort du père, on manquait de bras à la ferme.

Il referma la trappe et repoussa le lit dessus.

Il s'arrêta à la porte de la pièce principale. Louise finissait d'enfermer les cheveux de Bonie, serrés en chignon, dans une coiffe de lin qui lui couvrait la tête et descendait en s'évasant jusqu'aux épaules. Bonie avait sept ans, elle ne devait plus montrer ses cheveux.

La coiffe était d'un blanc crémeux, et il souffla d'un air faussement admiratif :

— Eh bien, avec ça, tu es jolie comme une huître enrhumée !

— Ça, c'est malin ! gronda Louise. (Elle regarda sa petite sœur de face.) Ça te va très bien !

Bonie fit la grimace. Elle était très fière d'être grande, mais elle trouvait bien encombrant de porter la coiffe au lieu du petit bonnet.

— Dépêche-toi, la pressa Lancelot. On y va.

— Veille bien sur ta petite sœur, conseilla machinalement Eder.

— Penses-tu, je compte l'abandonner au milieu de la grève à marée montante, bien attachée à la croix, pour avoir sa part de lait ribot.

Eder mima le découragement, tandis que Bonie criait « Arrête ! » en lui martelant la poitrine de ses poings.

Le lin ayant été maltraité par ceux qui avaient volé les moutons, il était couché au sol et deux fois plus pénible à arracher. Fort heureusement, ces tiges ne se fauchaient pas (ce qui aurait été très difficile), mais se *tiraient.* D'après Philippot, si on coupait le lin au lieu de l'arracher avec ses racines, les fibres refusaient ensuite de se détacher.

En tout cas, le tirer n'était pas non plus facile, ça vous usait la peau des mains. Surtout que les tiges étaient humides, signe de beau temps. Quand Lancelot avait rassemblé dix tiges, il les tendait à Bonie, qui les déposait en triangle sur le sol. Elle s'acquittait de sa tâche avec un sérieux remarquable, sans doute parce qu'elle était grande, maintenant, et que, à cause de sa coiffe, tout le monde le voyait.

D'ordinaire, l'arrachage était une fête mais, étant donné les circonstances, personne ne riait ni ne chantait, ce qui rendait le travail plus pénible encore. Les voisins étaient venus aider et, éparpillés le long du champ, ils discutaient à voix basse. Le lendemain, le travail reprendrait chez un autre d'entre eux et, là, on pourrait s'amuser. Par exemple faire la course à celui qui *tirerait* le plus vite et arriverait le premier au bout du champ, pour s'emparer du pichet de vin caché là-bas. Des petites bêtises qui vous transformaient la corvée en joyeuse compétition.

Lancelot, lui, ne recommencerait pas ailleurs. Il aidait Philippot par amitié, c'était tout. D'ailleurs, il en avait déjà les mains en sang et le dos brisé, il ne résisterait pas à une autre journée. Le plus dur était de ne rien montrer, parce qu'il passait déjà pour un « foutu fainéant » !

Une fois le lin entièrement arraché, ce fut à Philippot, le nouveau maître, de déposer les deux dernières poignées en forme de croix au bout du champ, pour remercier Dieu. Et, malgré le chagrin d'avoir perdu son père, il ne pouvait cacher sa fierté. De toute façon, il s'était toujours considéré comme le chef suprême du lin et il n'avait pas tort :

c'était lui qui le *sentait* le mieux, tout le monde le disait.

Un bleuet accroché au chapeau – signe qu'il avait eu l'honneur de *tirer le lin* – Lancelot entraîna Bonie vers la mer pour désinfecter ses ampoules crevées. La route qui traversait la Lieue de Grève était dégagée, et on apercevait au loin un groupe de voyageurs qui s'éloignait. Tout était calme, de petits nuages de sable volaient sur le sol humide. Rassurés, ils s'assirent au milieu des rochers et baignèrent leurs pieds fatigués dans un trou d'eau.

— Va y avoir tempête, annonça un pêcheur qui halait sa barque au sec, j'ai vu des sirènes.

— Des sirènes ? s'inquiéta Bonie.

— Dame, elles remontent dès qu'il y a du vent, parce qu'elles adorent contempler le malheur des hommes.

Comme Bonie regardait autour d'elle avec méfiance, il ajouta à voix basse :

— Ce sont les anciennes habitantes de la cité qui s'étendait là. (Il fit un geste englobant la baie.) La croix de Mi-Lieue était autrefois dressée sur le plus haut clocher de la ville.

Sacré clocher d'une sacrée église, songea Lancelot, parce que la croix était grande et lourde.

D'autres disaient qu'elle avait été plantée dans le sable, en face du Grand Rocher, par saint Efflam. Précisément à l'endroit où son bateau s'était échoué quand il avait amené le roi Arthur combattre le dragon.

— Vous les avez vues de près, les sirènes ? demanda Bonie avec crainte.

— Sûrement pas, malheureuse ! Dès que je les ai aperçues, j'ai tourné le dos. Parce que, si par hasard tu les vois nues, tu n'as plus qu'à te jeter à la mer pour te noyer. Sinon, l'ouragan engloutit ton bateau avec tout l'équipage.

Bonie le regarda d'un air interdit et bredouilla :

— Comment on les reconnaît ?

— Elles ont le haut d'une femme et le bas d'un poisson. Des cheveux longs et fins comme de la soie. Elles les coiffent avec des peignes d'or en chantant des chants si beaux qu'ils vous font oublier père et mère, femme et enfants. Et elles vous étouffent si bien sous leurs suaves caresses, que vous ne pouvez pas lutter, vous vous abandonnez. Seulement, leurs baisers sont empoisonnés, et leurs larmes vous noient.

Bonie ne comprenait pas grand-chose à sa description. Elle n'avait aucune idée de ce qu'étaient de *suaves caresses*, et ne saisissait pas pourquoi on se laisserait embrasser par quelqu'un qu'on ne connaissait pas. Son père l'interdisait.

— Pourquoi elles pleurent ? s'inquiéta-t-elle enfin.

— Qu'est-ce qu'on en sait ? intervint Lancelot. Elles ont leurs problèmes et nous les nôtres.

— Peut-être qu'elles pleurent parce que La Fontenelle a brûlé leur maison, proposa Bonie.

Le pêcheur se frappa sur la cuisse en riant et dit :

— Elles pleurent parce qu'elles sont en mal d'amour, parce qu'aucun homme n'est assez beau pour elles. C'est à cause de leurs larmes que l'eau de la baie est aussi salée.

Bonie profita de ce qu'il allait attacher sa barque à un gros caillou pour chuchoter :

— Qu'est-ce que c'est « mal d'amour ».

— Le mal d'amour ? (Lancelot ricana, le temps de trouver une explication.) C'est quand quelqu'un te pince parce que tu ne veux pas l'embrasser.

Maintenant que le pêcheur était remonté vers Toul ar Vilin, la grève était presque déserte.

— Allons-nous-en, souffla Bonie.

Pour ne pas avouer qu'elle avait peur des sirènes, elle finit :

— Papa va s'inquiéter.

Lancelot la regarda avec un sourire narquois, puis, subitement, il se figea.

— File à la maison, lâcha-t-il, j'arrive. Et cours sans te retourner : si on se retourne après avoir entendu parler de sirènes, elles vous pourchassent.

D'ordinaire, Bonie se méfiait des paroles de son frère, mais Lancelot avait un drôle d'air, il semblait impressionné. Elle remonta la grève le plus vite possible, la frousse aux talons, sans oser regarder en arrière.

Lancelot resta un moment sans bouger. Au loin, il y avait quelque chose sur le sable. Quelque chose que la mer venait de déposer. Une forme longue. Un corps. Pas très grand.

Il s'approcha d'un pas mal assuré. Le corps était celui d'un enfant, à peine couvert de quelques haillons déchiquetés. Il ne put se résoudre à approcher davantage. Il fit demi-tour et courut vers le village.

19

Dramatique méprise

Lancelot traversa le cimetière et poussa la porte de l'église sans même saluer Orson, ce personnage aussi poilu qu'un ours, gravé dans le bois. Il faut dire qu'il n'avait pas tous ses esprits. Plus ennuyeux : il ne remarqua rien non plus en entrant. Or, il y avait quelque chose d'inhabituel. Seulement il venait du soleil et, ici, il faisait sombre comme dans un tombeau.

Il alla droit à la sacristie où le recteur se trouvait sûrement, puisqu'il n'était pas chez lui. Le recteur était sec d'allure comme de caractère, mais beaucoup moins impressionnant dans sa sacristie que lorsqu'il tonnait en chaire contre les hérétiques.

La porte était ouverte, néanmoins Lancelot frappa. Le recteur dissimula rapidement son verre de vin de messe (qui, tout le monde le savait, servait aussi en trop d'autres occasions), et se pencha sur son bréviaire[1]. Enfin il fit celui qui sortait d'une longue et profonde méditation et demanda :

— Que veux-tu ?

— On a retrouvé le fils du cordier. La mer a rendu son corps.

— Ah ! lâcha le recteur en refermant ostensiblement le livre.

Il le rangea près de la bible et fit basculer sur le comptoir de bois un gros registre. Puis il se munit d'une plume et ouvrit son encrier.

— Quel prénom ?

Lancelot se rendit compte avec une gêne horrible qu'il n'en avait aucune idée.

— Il est né ici ? interrogea le recteur.

— Oui.

La question n'avait rien d'étonnant, le recteur n'était à Saint-Michel que depuis quelques mois. L'ancien était parti pour Lannion : il s'était pro-

1. Livre renfermant les prières à dire à chaque heure du jour.

noncé pour le roi Henri IV et – si la paix était à ce prix – pour laisser les protestants à leurs erreurs.

— Alors on va retrouver trace de son baptême, dit le recteur.

Il retourna le registre et l'ouvrit à la fin, côté cacous et bâtards (où l'on avait aussi inscrit Perceval).

— Voyons..., murmura-t-il en remontant dans la liste. Hemery Hervé, 1584... ?

Lancelot compta que ça lui ferait six ans, et qu'Hervé était sûrement le plus jeune.

— Non, il est plus âgé que ça.

— Alors... Hemery Gilles, né en 1581.

Le recteur trempa sa plume dans l'encre et revint au bas de la liste pour noter les mots en même temps qu'il les prononçait : « *Hemery Gilles, fils de cacous, qui est mort noyé dans la mer le...* » (Il regarda Lancelot.) Quand a-t-il disparu ?

— Le samedi de Pentecôte.

— « *9 juin 1590, en...* Que faisait-il ?

Lancelot réfléchit rapidement. S'il disait que Gilles cherchait le palais du roi de Lexobie, le recteur, révolté, aurait été capable d'écrire qu'il avait été puni par Dieu pour croyances païennes. Il préféra prétendre qu'il pêchait.

— « *...en pêchant depuis les rochers du côté de Beg-ar-Forn* » écrivit le recteur.

Puis il dispersa un peu de sable pour sécher l'encre, souffla dessus, referma le registre et le rangea. À côté de la bible. Subitement intrigué, Lancelot remarqua :

— Vous avez une belle bible. Où les achète-t-on ?

— « On » ne les achète pas, lâcha le recteur d'un ton sec. À quoi une bible te servirait-elle ? Tu n'es pas de ces hérétiques qui se croient aptes à la lire eux-mêmes et à interpréter la parole de Dieu !

Il avait enflé sa voix comme s'il était en train de faire son sermon et Lancelot protesta vite :

— C'était juste par curiosité.

— Eh bien, tiens, poursuivit ironiquement le recteur en ouvrant le livre. Lis, puisque ça te tente !

Lancelot regarda la page. Il était incapable de déchiffrer le moindre mot : c'était du latin.

— Il faut être un savant pour lire ça, reconnut-il d'un ton coupable.

Le recteur referma sèchement le volume. Quand il pensait que ces maudits hérétiques traduisaient la bible en français pour la rendre accessible à tous ! Il n'était pas violent de nature, mais il était d'avis qu'on devait les pendre un à un, haut et court, et brûler leur infecte dépouille dans un grand feu de joie.

Lancelot crut prudent de détourner sa colère et s'informa :

— Toutes les naissances et les décès sont inscrits sur le registre ?

— Tout.

— Et on a le droit de les regarder ?

— Ça n'a rien de secret.

Pour montrer sa bonne volonté dès qu'il s'agissait d'une demande raisonnable, le recteur rouvrit le livre et le poussa vers Lancelot en ajoutant :

— Si c'est ta naissance que tu cherches, c'est du bon côté. Tu as la chance de n'être pas bâtard.

Il avait mis tant de mépris dans ces mots que Lancelot s'en sentit ulcéré. À cause de Perceval.

En réalité, il ne voulait pas chercher son nom, mais celui de Louise. Parce qu'il aurait bien aimé connaître la vérité. Louise ayant dix-sept ans, elle était née en 1573. À Saint-Michel ?

Le laissant feuilleter, le recteur alla discrètement pousser sa coupe de vin mieux à l'abri des regards.

Lancelot trouva l'année 1573 et déchiffra avec difficulté l'écriture en pattes de mouche de l'ancien recteur. Aucune Louise, ni Laurégan ni avec un autre nom de famille. Il consulta les années d'avant et n'en trouva pas davantage. Louise n'était pas née ici.

Il regarda plus loin, le moment où son père

l'avait recueillie – 1575 ou peu après, sinon elle s'en serait souvenue – et parcourut jusqu'en 1580. Rien. Et c'est là que, subitement, il réalisa qu'il n'y était pas non plus.

Suffoqué, il relut soigneusement tous les noms. Il trouva bien ceux de Philippot et trois autres nés la même année mais, aucun doute, le sien n'y était pas. Nulle part. Les mains tremblantes, il tourna le registre et le rouvrit côté bâtard. Il avait cessé de respirer.

... Son nom n'y figurait pas non plus. L'air circula de nouveau dans ses poumons.

— Je ne suis pas dans le registre, dit-il d'une voix blanche.

— C'est sans doute que tu n'es pas né à Saint-Michel, répondit le recteur.

— Ah oui... (Lancelot essaya de prendre un air amusé.) Bien sûr, c'est pour ça !

Il n'était pas né à Saint-Michel ? Alors que son père y vivait depuis 1575 ?

Possible, après tout. Ses parents avaient sûrement effectué des déplacements, il avait pu naître lors de l'un d'entre eux...

Oui, Tréguier ! Il lui semblait avoir entendu parler de Tréguier !

Lancelot ressortit encore plus troublé qu'il n'était entré et, de nouveau, ne remarqua pas ce qu'il aurait dû remarquer dans l'église.

Il traversa le cimetière et alla s'asseoir sur le muret qui surplombait la grève, face au large, pour contempler l'extraordinaire embrasement du soleil couchant. Le pêcheur avait raison pour la tempête : à l'ouest, dans le ciel écarlate, de noirs nuages d'orage commençaient à se former.

En contrebas, il aperçut ses sœurs au bord de la rivière. Chacune tenait un grand objet très coloré. On aurait dit... les statues de l'église, celle de la Vierge Marie et celle de Saint-Michel !

Il retourna jeter un coup d'œil à l'intérieur : effectivement, bien qu'il n'y ait pas prêté attention avant, elles n'étaient plus à leur place. Il fit le tour par la rue pour rejoindre ses sœurs en courant.

C'était bien leur saint Michel, habillé en soldat romain et enfonçant sa lance dans la gueule du dragon vert à queue hérissée qu'il maintenait sous son pied.

— On les a trouvées ici, expliqua Louise. On dirait que quelqu'un les a jetées depuis le cimetière.

Les deux statues étaient très abîmées, comme si elles s'étaient fracassées en tombant. Or, elles étaient en bois, et une simple chute sur le sable aurait difficilement pu faire de tels dégâts.

C'est là qu'ils entendirent au-dessus d'eux, dans le cimetière, une exclamation horrifiée. Penché par-dessus le muret, le recteur hurla :

— Sales petits voleurs !

Ils remontèrent vite par la place pour aller lui expliquer qu'ils n'étaient pour rien dans l'affaire. Malheureusement, l'état épouvantable des statues le choqua tant, qu'il ne leur laissa pas placer un mot.

— Mutilées ! piaillait-il comme si on l'égorgeait. Ils les ont mutilées !

Ils avaient beau protester de leur innocence, cela ne servait à rien. Les villageois commençaient à s'attrouper, le recteur pointa alors un doigt accusateur sur Lancelot :

— Celui-là sort à l'instant de l'église. S'il n'avait pas vu les statues à leur place, il me l'aurait dit tout de suite !

— Mais je n'ai...

— Arrière, Satan ! vociféra le recteur en dardant sur lui des doigts maléfiques. Et ça voulait lire la bible !... Des huguenots ! Nous avons affaire à des huguenots hérétiques !

Un silence stupéfait tomba sur la foule. Ce n'était pas possible, les Laurégan assistaient à la messe chaque dimanche ! Seulement, comme le recteur le savait aussi et paraissait néanmoins sûr de lui...

Finalement, personne n'osa protester, de peur de passer à son tour pour hérétique.

Eder n'avait jamais donné semblable exemple, mais on se rappelait maintenant que les jeunes avaient passé deux semaines à Lannion, ville de *royaux*. Ils avaient pu être corrompus.

— Saisissez-vous d'eux ! tonna le recteur.

20

La catastrophe

— Arrête de pleurer ! s'énerva Lancelot.

Bonie eut un nouveau sanglot, si contenu qu'il lui arracha un tremblement involontaire. Honteux, Lancelot la prit par l'épaule et la serra contre lui.

— Ne t'en fais pas, dit-il, ça va s'arranger.

— On... on n'a pas fait un crime. On les a pas tuées, les statues.

— On n'a tué personne, rassura Lancelot.

Ils voyaient la prison de l'intérieur pour la première fois, eux qui avaient si souvent joué à se faire peur en regardant à travers les barreaux. Il était rare qu'elle soit occupée. Juste, parfois, par un ivrogne un peu excité ou un voleur de poules. Pourquoi est-ce que personne ne voulait les croire ? Pourquoi les avait-on mis en prison – même Bonie, qui n'avait que sept ans – comme s'ils étaient dangereux ?

Lancelot se répéta qu'il n'aurait jamais dû parler de bible au recteur. Tout venait de là. Du coup, ce maudit braillard racontait partout que *l'hérétique* avait pris les statues, les avait jetées à ses sœurs en bas pour qu'elles les fracassent contre les rochers, et était allé les aider à finir le travail. C'était là qu'il avait découvert le crime.

Et le crime était si grave qu'on avait convoqué immédiatement le juge, de manière à ce que l'affaire soit réglée au plus tôt, que « la pourriture soit coupée sur pied pour qu'elle ne gangrène pas tout le pays ».

Bonie retenait ses sanglots pour ne pas agacer son frère qui, évidemment, était plus courageux : il avait douze ans et il était un garçon. Elle, elle ne comprenait rien. Les statuettes de bois étaient très sensibles, même si elles ne saignaient pas. Plus sensibles que les vrais hommes. Parce que ceux qui avaient tué des soldats au Grand Rocher n'avaient pas été conduits devant le juge. On n'allait voir le juge que quand on tuait des gens en bois. Parce que les gens en bois étaient très bons, c'étaient des saints.

Elle voulait voir son papa. Son papa était très fort pour arranger toutes leurs misères. Mais le juge ne voulait pas. Peut-être qu'il avait peur de ce qu'il lui dirait, parce que son papa était très intelligent, bien plus intelligent que tout le monde, bien plus que le juge.

— Ne vous tracassez pas, souffla Louise. Dès qu'on passera devant le tribunal et qu'on pourra s'expliquer, tout sera éclairci.

— Et puis, ajouta Lancelot, c'est le seigneur de Coatrédrez qui rend la justice ici.

— Le seigneur Pierre ? demanda Bonie, impressionnée.

— Il ne sera pas là en personne, remarqua Louise, il n'a pas de temps à perdre à ça. Il va déléguer un juge, son homme de confiance.

— Et le juge, il sait qu'on n'a rien fait ?

Lancelot haussa les épaules :

— Même s'il croit qu'on est coupable, il ne nous condamnera pas à mort, juste à une amende. Parce que, si on a détruit les statues, c'est qu'on ne les aime pas, donc qu'on est huguenots. Et si on est huguenots, on appartient forcément aux *royaux*. Comme lui. Il ne va pas condamner des *royaux* !

Bonie réfléchit un instant et émit d'une voix étranglée :

— Il n'est pas catholique, le juge ?

— Si. Mais il est quand même pour le roi.

Tout cela restait flou dans l'esprit de Bonie, elle saisissait juste qu'il y avait de l'espoir.

— Je suis sûre qu'il nous sait innocents, reprit Louise. Tout le village nous connaît, nous n'avons rien à craindre.

— Et puis, ajouta Lancelot, dans « justice », il y a « juste ». Et on n'a rien fait.

Le verrou de la porte grinça et un homme pénétra dans la cellule. C'était Pichic, qui était en même temps sonneur de cloche, sacristain et gardien de prison, selon les besoins.

— Allez, vous autres, s'exclama-t-il. Le juge vous attend !

Les prisonniers se regardèrent avec soulagement. Ils avaient hâte de voir la tête du juge quand celui-ci découvrirait que des innocents avaient passé la nuit en prison.

Ce qu'ils ignoraient, c'est qu'il ne s'agissait pas d'un procès ordinaire.

En effet, ils n'étaient pas les seuls à penser que le juge du seigneur n'oserait pas les condamner : le recteur le savait aussi. Et le recteur croyait de son devoir de détruire au plus vite les germes de l'hérésie. Cette affaire devait servir de leçon. Il avait donc profité de la confusion qui régnait dans le pays pour faire venir directement de Morlaix un juge *ligueur*. Cela avait un autre avantage mais, il faut le reconnaître, il n'y avait pas pensé sur le moment.

L'auditoire de justice était comble, rarement on avait vu tant de monde à un procès. L'aubergiste s'improvisa avocat et démontra que jamais ces enfants n'avaient fait le moindre mal, encore qu'il ait surpris Lancelot à pisser sur les fleurs de la vieille Nini.

Il avait dit ça pour détendre l'atmosphère et, effectivement, tout le monde rit. En réalité, personne ne croyait vraiment au sérieux de cette affaire. On témoigna les uns après les autres, comme une formalité, que ces petits avaient toujours été bons catholiques et n'avaient sûrement pas commis un crime pareil. Ni personne du village. On penchait plutôt pour l'acte isolé d'un voyageur malintentionné.

— Et pourquoi, plaida judicieusement l'aubergiste, auraient-ils commis leur forfait en plein jour, et seraient-ils restés benoîtement sur la grève en attendant qu'on les voie ?

— Parce que, contra le recteur, ces maudits huguenots veulent proclamer bien haut leur déviance. Ce sont des suppôts de Satan ! On ne peut laisser en liberté des criminels de cette étoffe, il faut faire un exemple ! Si vous vous laissez aller à la moindre compassion, les hérétiques vont prendre le pouvoir ici, et vous serez maudits de Dieu. Il enverra contre notre malheureux village ses braves ligueurs.

Les « braves ligueurs » jetèrent un froid. On se rendit subitement compte que le village, accusé d'abriter des huguenots, pouvait devenir la cible des ligueurs, et surtout de ce terrifiant La Fontenelle. Et on commença à se demander s'il ne valait pas mieux punir les Laurégan, même s'ils n'étaient pas coupables. C'était plus sûr. Une peine de pèlerinage ou de messe quotidienne ne leur ferait pas grand mal, et si ça pouvait sauver le pays...

Tous se résignèrent donc à ce que soit prononcée une condamnation apte à remettre des fautifs dans le droit chemin. Ils ne s'attendaient aucunement à ce qui allait arriver.

— La petite est jeune, prononça alors le juge, et encore malléable. Elle sera placée dans un couvent qui saura la redresser. Le second...

Le juge réfléchit. Il y avait dans la salle un silence de mort. On guettait les mots sur ses lèvres.

— Le garçon a douze ans, reprit-il. Le mal risque d'être déjà enraciné en lui. Pour qu'il se souvienne du forfait que ses mains ont accompli, on les lui tranchera.

La foule en perdit le souffle. Une femme se trouva mal.

— Quant à l'aînée, poursuivit le juge, son cas est bien sûr différent. Elle savait fort bien ce qu'elle faisait. Elle sera pendue.

Il frappa de son marteau sur la table, assommant du même coup toute l'assemblée. L'affaire venait de prendre un tour effrayant. Enfin, recouvrant ses esprits, l'avocat s'écria :

— Selon le droit, mes clients feront appel de ce jugement devant la cour de Morlaix.

Et tout le monde recommença à respirer. C'est là que le recteur comprit, lui, l'excellence de son initiative. Car le juge déclara :

— Étant moi-même le plus haut magistrat de Morlaix, un second procès sera inutile. Je ne saurais me déjuger.

Et il frappa de nouveau de son marteau sur la table.

Effaré, on se demanda si tout cela était bien légal, et un brouhaha monta dans la foule. C'est alors que, subitement, la porte s'ouvrit en grand.

— Arrêtez ! Il y a erreur !

C'était Eder.

— On m'a empêché d'entrer jusqu'à maintenant, et...

— On a bien fait, coupa le juge. Faites-le sortir.

Deux soldats de son escorte se jetèrent aussitôt sur lui.

— Non, hurla Eder en se débattant. Ils n'y sont pour rien ! C'est moi qui ai jeté les statues. Je ne crois pas aux idoles de bois, je les ai détruites.

Un silence de mort tomba de nouveau sur la salle. Les soldats lâchèrent prise.

— Je les ai détruites, poursuivit Eder d'un ton véhément, pour que vous cessiez d'idolâtrer les images de simples humains au lieu de vous adresser à Dieu !

— Arrête, Eder ! s'énerva le cordonnier. Je sais que ce n'est pas toi, j'ai entendu ton métier taper tout l'après-midi.

Le juge observa le tisserand avec curiosité et un rictus moqueur déforma sa bouche.

— Vous avez travaillé tout l'après-midi, commença-t-il lentement. Or, monsieur le recteur, ici présent, a déclaré que, lorsqu'il est entré à l'église vers cinq heures du soir, les statues étaient à leur place.

— Les enfants n'y sont pour rien, reprit Eder en secouant énergiquement la tête. Ils ont été élevés dans la religion du pape par leur mère, qui était bonne catholique. Ils n'ont jamais rien su de mes convictions.

Tout le monde se tourna alors vers les trois jeunes qui, livides, dépassés par ce qu'ils venaient de vivre, fixaient leur père d'un air ahuri.

— Tu es ivre, Eder, grogna l'aubergiste en marchant vers lui pour le saisir violemment par le devant de la chemise. Reprends-toi ! (Puis, entre ses dents.) Ça te servirait à quoi, de mourir ? Tu crois que tes enfants n'ont plus besoin de toi ?

Eder ne répondit pas.

Le recteur, lui, entrevit aussitôt le danger : les enfants, dévoyés par leur séjour à Lannion, constituaient un exemple de la punition qu'encouraient les hérétiques, mais découvrir qu'Eder était un adepte de « l'église réformée » serait un coup de tonnerre dans le village. On accordait tant de crédit à ses avis que, même si on le punissait, certains, faibles de jugement, pourraient s'imaginer qu'il avait raison.

— Cet homme veut juste sauver ses enfants, s'exclama-t-il. Cela se comprend de la part d'un père.

— Vous, les papistes, lâcha alors Eder avec mépris, vous avez piètre opinion de Dieu. Vous vous imaginez qu'on peut acheter l'entrée dans son paradis avec de l'argent ! Ces *indulgences* que le pape vous vend à tour de bras, il les a imaginées par intérêt !

Le recteur se précipita et lui ferma violemment la bouche avec sa main.

— Impie ! Hérétique !

Mais Eder était bien décidé. Il savait que se contenter de défendre ses enfants ne servirait à rien. Il devait détourner l'attention sur lui. Il se dégagea et maintint avec force les poignets du recteur.

— Écoutez ce que nous disent Martin Luther et Jean Calvin, deux grands penseurs qui ont compris les dérives de votre Église ! Reprenez-vous ! Celui qui vend les indulgences sera damné à jamais. Et celui qui les paye le sera aussi. Parce qu'il croit qu'on peut acheter Dieu comme on achète un juge véreux.

Ces derniers mots ne plurent évidemment pas au juge.

— Je prononce la mort ! hurla celui-ci en tendant un doigt vengeur vers Eder.

21

Le dernier espoir

Un brouhaha indescriptible s'éleva dans la salle après le départ du juge. On était abasourdi par ce qu'on venait d'entendre. Le recteur, nerveux, haussa le ton pour conseiller de rester discret sur cette affaire : le bruit ne devait pas passer les bornes de la paroisse. Il n'en dit pas plus, c'était inutile. On se tut immédiatement de crainte que les murs n'aient des oreilles et on rentra chez soi, tiraillé entre ébahissement et peur. Maintenant, on en voulait à Eder d'avoir attiré l'attention sur le village.

Dans la maison des Laurégan, on avait du mal à

prononcer une parole. Eder serait pendu la semaine suivante au gibet de Trédrez, et rien ne pourrait le sauver, car il avait avoué. Et ses enfants étaient sûrs qu'il avait dit vrai sur un point : il était protestant.

Le premier choc passé, cela ne les étonnait qu'à moitié. D'autant que ça expliquait la bible en français, et aussi que leur père n'ait jamais acheté d'indulgences. Les aînés se rendaient même compte que, s'ils se sentaient plutôt favorables aux royaux, c'est que leur père les avait élevés dans cet esprit. Tout en se refusant à mettre les torts d'un seul côté, il ne manquait jamais une occasion de leur souligner, sans en avoir l'air, l'intolérance des ligueurs.

En d'autres temps, ils lui en auraient voulu de ses cachotteries, seulement leur père venait de se sacrifier pour eux. Ils ne pouvaient même plus penser qu'il avait caché jusque-là sa véritable religion par manque de courage.

Leur mère était-elle également protestante ? Probable. Eder n'avait affirmé le contraire que pour convaincre le juge qu'ils avaient été élevés dans la religion catholique. Ce qui était vrai, d'ailleurs. Ils comprenaient aujourd'hui que c'était pour les protéger. Un jour, sans doute, Eder leur aurait parlé de Luther et de Calvin.

En tout cas, l'esprit de tolérance qui prédominait à la maison rendait impossible que leur père ait détruit les statues. Cela ne lui ressemblait pas. Il ne s'en était accusé que pour les sauver.

Mais il avait accompli le Tro-Breiz ! Le pèlerinage « aux sept saints » ! Pourquoi ? Ils n'arrivaient pas à le comprendre.

Le lendemain de ce terrible jour, ils apprirent qu'on avait passé au cacou la commande de la corde qui pendrait leur père. Une corde assez longue pour qu'on puisse la partager ensuite entre tous les spectateurs, à qui elle porterait chance.

Et, dans l'esprit du recteur, « porter chance » signifiait « inciter à conserver la vraie foi ». Le morceau de corde rappellerait aux chrétiens l'erreur funeste qu'ils commettraient en se laissant entraîner dans de fausses croyances. L'hérésie était encore peu répandue en Bretagne, il fallait la briser dans l'œuf.

S'inspirant de ce qui s'était passé en d'autres villes, il décréta qu'on devait refaire au plus vite la décoration de l'église. Les huguenots maudits prétendaient prier Dieu dans un temple sans le moindre ornement, parfois une simple grange ! Il était grand temps de rappeler au peuple où était la vraie religion, celle qui honorait Dieu avec grandeur et faste, comme Il le méritait.

Rien n'était trop beau pour Lui, et chacun devait montrer sa foi en mettant la main à la poche. On allait commander de nouvelles lampes, de nouvelles statues, encore plus d'encens. On redorerait les peintures, on ajouterait de lourds tissus de soie, on ornerait les murs du sol au plafond. Et tant pis si la guerre avait saigné les hommes et les réserves, et que l'argent se faisait rare, car Dieu en serait encore plus touché. Il lirait la ferveur de ses fidèles dans le chatoiement des ors.

Il ne fallait pas non plus lésiner sur les processions, les bénédictions et les sonneries de cloche qui rappelleraient sans cesse aux hommes où se trouvait Dieu.

*

* *

Malgré les souffrances qui lui tordaient le cœur, Eder était soulagé. Il avait sauvé ses enfants. En s'accusant du saccage des statues, il avait réussi à convaincre qu'il était bien protestant sans avoir à donner d'autres preuves matérielles. Et, en particulier, sur le lieu où ils se rassemblaient pour lire ensemble la parole de Dieu et chanter Sa gloire.

Car, contrairement à ce qu'imaginait le recteur, Eder n'était pas seul, d'autres partageaient sa foi.

Heureusement, sous le coup de la stupéfaction, personne n'avait songé à le lui demander.

Sans être très nombreux, ils étaient tout de même une dizaine, à qui il servait de pasteur. Chaque samedi, il décidait du lieu de réunion – qu'il changeait à chaque fois par mesure de précaution. Il l'inscrivait à l'huile sur le bout intérieur d'un coupon de toile, et envoyait Lancelot le porter. Jamais deux fois à la même personne, pour ne pas éveiller les soupçons. Ensuite, le coupon circulait discrètement de l'un à l'autre.

Après leur réunion au temple le dimanche, tous venaient à la messe, comme lui. Et, pendant les prières à Marie ou aux saints, ils se contentaient de remuer les lèvres sans rien prononcer. Tant que la folie ne lâcherait pas les hommes, ils y seraient obligés. Ils ne pouvaient se révéler au grand jour, Eder avait assez souffert pour le savoir. La mort ne servait pas la foi. Au contraire, il fallait survivre pour répandre la bonne parole. Survivre pour qu'un jour tous puissent vivre en paix, et qu'on cesse de se jeter au visage des mots diaboliques comme « hérétiques », « huguenots », ou bien « papistes ». Ils étaient tous chrétiens. C'était un terme qui les unissait, le seul qui convenait.

Eder ignorait qui avait jeté les statues dans la grève. À son avis, un étranger au village, sinon il se serait dénoncé pour ne pas laisser condamner des innocents. Un voyageur, probablement, qui avait continué sa route. Un geste inutile et indigne. Si les protestants refusaient la tyrannie de l'Église du pape, ce n'était pas pour imposer la leur.

*
* *

— On ne peut pas laisser faire ça, répéta Louise. Le fils du cordier a risqué sa vie en essayant de sauver son père, on n'est pas plus lâche que lui.

— Il faut qu'on cherche la grotte et la baguette magique ? s'inquiéta Bonie.

— Non, soupira Louise, je ne pense pas à la grotte.

— On pourrait faire des prières à la Vierge, proposa alors Bonie

En réalité, la Vierge était sa préférée, et elle la priait sans arrêt, enchaînant les « Ave maria » jusqu'à en avoir la tête bourdonnante.

— Des prières à la Vierge Marie, et puis quoi encore ? s'emporta Lancelot. Tu as entendu ce qu'a dit papa ? Marie, même estimable, était juste un être humain.

Bonie en resta suffoquée. Elle avait perdu tout ce temps ! Elle n'avait pas pensé que, maintenant qu'ils étaient protestants, la Vierge ne les écouterait plus.

— On pourrait dire des « Pater noster » ? suggéra-t-elle timidement. Ils s'adressent directement à Dieu, hein ?

— Il faut parler à Dieu avec nos mots, déclara Louise.

— Mais on ne sait pas parler latin ! s'affola Bonie.

— Ma colombe, Dieu ne parle pas latin, il comprend toutes les langues, et surtout la langue du cœur. Ce sont le pape et les prêtres qui le parlent, juste pour paraître savants et nous tenir en infériorité... Écoutez : vous allez rester à la maison avec Perceval et prier de tout votre cœur.

— Et toi ? demanda Lancelot, en alerte.

Louise ne répondit pas.

— Louise, articula Lancelot, tu ne vas pas te mettre en danger, hein ! Tu n'as pas à le faire. Si quelqu'un doit courir des risques, c'est moi. Je suis le seul véritable fils d'Eder.

— S'il te plaît, n'interviens pas. Je suis l'aînée.

— Oui, eh bien, aînée ou pas, je ne te laisserai pas faire. C'est à moi de me sacrifier. Vous, vous avez simplement été recueillies.

— Pas moi, dit Bonie, un peu sidérée.

Gênés, les autres se regardèrent.

— Si ? demanda-t-elle alors d'une petite voix.

Comme les autres ne répondaient pas, elle insista :

— On ne m'a pas trouvée sur la grève ?

— Non, répliqua finalement Lancelot, tu as été déposée à notre porte.

— Celui qui m'a trouvée sur la grève n'a pas voulu de moi ?

— Quelle idée ! s'exclama Louise. Tout le monde aurait voulu de toi, tellement tu étais mignonne. Mais ceux qui t'ont découverte étaient sans doute des voyageurs, et ils ne pouvaient pas t'emmener. Voyager avec un nouveau-né, ça risque de le tuer. Et ils savaient que nous, on te voulait.

— Pour Louise, c'est pareil, ajouta Lancelot, c'est pour ça que c'est moi qui dois sauver papa.

Louise lui prit subitement le poignet.

— Non, Lancelot. Toi non plus, tu n'es pas son fils.

Lancelot perdit un instant le souffle, puis il ricana :

— Tu ne vas pas me dire qu'on m'a trouvé à la porte.

— On t'y a amené. Par la main, car tu marchais déjà. Tu avais un an. Ta mère était trop pauvre pour te garder... Je suis désolée.

Lancelot la contemplait bouche bée. C'était pour ça qu'il n'était pas né à Saint-Michel... !

— Je ne vois pas de quoi tu es « désolée », dit-il enfin, un peu oppressé. Si je comprends bien, papa et maman m'ont sauvé de la misère et ils ont réussi à me faire passer pour leur véritable fils. Alors je suis leur fils !

Il se moquait du reste. Les vrais parents sont ceux qui partagent avec vous l'amour et le pain. Il se remit à respirer et déclara d'un ton plus ferme :

— Eder est plus que notre père. Il nous a recueillis, aimés, traités mieux que n'importe quel père. Nous le sauverons. Dis-moi ton idée, Louise.

Les trois Laurégan confièrent Perceval à Jacquette et traversèrent la place pour gagner la grève. Ils se tenaient par la main. La mer était si loin qu'on ne la voyait pas, et un vent doux soufflait sur les rochers. Des charrettes remontaient vers le village avec de gros chargements de sable. C'étaient des paysans qui venaient de plusieurs lieues à la ronde chercher de quoi amender leurs champs.

Les Laurégan n'y prêtèrent pas attention. Ils passèrent le gué et s'éloignèrent sur l'immensité de la baie.

22

La vérité sur Eder

Bonie claquait des dents. Elle avait froid et elle avait peur. Elle tournait le dos à la mer pour ne pas la voir et, au début, ça allait. Mais le grondement sourd des vagues se rapprochait, accélérant les battements de son cœur. Malgré l'effroi qui la gagnait, elle parvenait encore à ne pas bouger. Il commençait à faire nuit, et l'écume léchait maintenant le pied de la croix de Mi-Lieue qu'ils entouraient en se donnant la main.

L'épouvante saisit Bonie quand elle sentit le froid de l'eau sur ses chevilles. Elle serra la mâchoire très fort pour ne pas hurler. Elle ne devait pas se montrer moins courageuse que les autres, et ils avaient décidé de rester là le plus longtemps possible, en priant Dieu et en lui offrant leurs souffrances pour qu'Il les écoute et sauve leur père. Car leur père était un homme bon et juste. Il n'avait pas tué les statues, il avait dit ça seulement pour les sauver, eux. Parce qu'ils étaient les enfants qu'il avait choisis.

Quand elle pensait à ça, elle était contente. C'était mieux d'être choisi que d'être trouvé par hasard sur la grève ! C'était pour ça qu'Eder les aimait tant.

L'eau lui arrivait à mi-mollet, et personne ne bougeait. Quand une vague lui monta jusqu'au creux des genoux, elle faillit crier. La nuit était complètement tombée, et c'était le pire. Elle remuait les lèvres comme pour une prière, mais aucun son ne sortait. La prière n'était même plus dans sa tête. Elle avait beau appuyer sa joue contre la croix, ça ne marchait pas.

Au sommet du Grand Rocher, un feu s'alluma, comme tous les soirs de cette semaine. C'était la femme du pêcheur disparu en mer. Pourtant, l'homme ne reviendrait pas, Bonie le savait. Il avait vu les sirènes, et, malgré ce qu'il avait prétendu, sûr qu'il les avait regardées quand elles étaient toutes nues. Alors la tempête s'était levée et sa barque avait été engloutie.

La femme du pêcheur était très brave. Les brigands risquaient de revenir à tout moment, cependant elle continuait à faire du feu au sommet de la Roche-qui-tue, pour que son mari le voie de loin et retrouve le chemin du port. Elle refusait de croire qu'il était mort. Elle avait huit enfants, et plus rien pour les nourrir.

Et eux, ils étaient quatre, et ils risquaient de ne plus avoir de père si elle n'arrêtait pas de penser à la mer qui montait ou aux brigands qui pouvaient les attaquer. D'ailleurs, ils ne risquaient plus rien : les brigands, ils n'étaient pas fous, ils remontaient avec la marée. Pas comme eux.

Elle était encore en train de s'éparpiller au lieu de prier, et Dieu – qui voyait tout – le savait bien. S'Il ne sauvait pas son père, ce serait de sa faute.

— J'ai... de l'eau sur le ventre, bredouilla-t-elle enfin en luttant pour ne pas pleurer.

Il y eut un silence, puis Louise décréta :

— On ne peut pas rester davantage, sinon on se noierait, et Dieu nous en voudrait.

Malgré la nuit et le vent qui leur plaquait les vêtements sur le corps, ils s'appliquèrent à ne pas courir. Ils remontaient vers la côte en avançant péniblement dans l'eau, tremblant de froid, Louise portant Bonie au bord de l'évanouissement. Ils longèrent le haut de la grève, entre mer et rivière, en luttant contre la peur de trouver le gué submergé et le passage coupé.

Ils y arrivèrent comme il était en train de s'engloutir et s'y engagèrent prudemment, sans se lâcher la main. Louise d'abord, Bonie ensuite, et Lancelot qui fermait la marche. Heureusement, le niveau des ruisseaux qui alimentaient la rivière avait beaucoup baissé avec la sécheresse de l'été, et le courant n'était pas trop violent.

Claquant des dents malgré la douceur de la nuit, ils coururent à la maison pour se changer. Puis, enfin séchés et un peu réchauffés, ils descendirent vers la prison. La lune éclairait la nuit. Ils étaient de nouveau pleins d'espoir, comme si Dieu avait déjà résolu de sauver Eder.

Bonie se précipita vers l'étroite ouverture et, avant que les autres puissent intervenir, elle souffla :

— Papa, tu ne mourras pas. On est allé à la croix de Mi-Lieue.

— Qu'avez-vous fait ? demanda Eder d'une voix effrayée.

— Nous avons prié pour toi, dit rapidement Louise.

— Mais la mer est haute. Vous étiez à la croix ?

Comme personne ne répondait de peur d'avoir à mentir, il reprit :

— Êtes-vous fous ? Vous ne devez pas mettre votre vie en danger. Croyez-vous que je partirais sereinement en sachant que vous êtes morts pour moi ?

— Tu t'es bien dénoncé pour nous sauver, protesta Lancelot, alors que tu n'es même pas notre père.

Il y eut un silence. Dans l'ombre de la petite pièce, ils ne voyaient pas le visage d'Eder, ils entendirent juste sa voix :

— Je suis votre père. Vous êtes dans mon cœur comme mes enfants chéris.

— Pourquoi ne nous as-tu pas dit la vérité ? demanda Louise.

— Personne ne doit le savoir, chuchota vivement Eder. Promettez-moi de ne jamais rien dire, à quiconque !

— Nous le promettons.

Il y eut un silence, puis Eder reprit :

— Je voulais pour vous une vie normale. Je voulais être votre père, et que vous me considériez ainsi. Je voulais une famille unie.

— Nous le sommes, affirma Louise, une famille unie.

Et elle devina que son père souriait.

— Ho ! Qu'est-ce que vous faites là ?

Tous sursautèrent. Pichic, qui arrivait par derrière, reconnut les enfants du tisserand et, pris de pitié, grommela :

— Entrez, au lieu de parler par la fenêtre. Je vais vous mettre une lampe.

Et il les poussa dans l'étroit réduit que, pour leur malheur, ils connaissaient déjà.

— Vous n'avez qu'un instant, précisa-t-il. Je sonne les dix coups à l'église et je reviens vous faire sortir.

Il disparut et le verrou claqua.

— Pourquoi ne nous as-tu pas dit que tu étais protestant ? demanda alors Lancelot.

— Parce que la jeunesse est imprudente et peut commettre des folies. Je redoutais que vous n'alliez le crier haut et fort par simple bravade. Et cela ne sert à rien qu'à provoquer le malheur.

— On doit être fier de ce qu'on est, bougonna Lancelot.

Après l'effroi, la peine, la souffrance, il se sentait d'humeur terrible. Surtout à cause de la peur qu'il avait eue quand l'eau avait grignoté son corps. Il ne pouvait l'évacuer que par la colère.

Eder le regarda un instant et déclara :

— Tu as raison sur le principe. Cependant, quand le monde a perdu la raison...

— Mais le Tro-Breiz ! Tu as fait le pèlerinage ! C'est exagéré. Juste pour tromper ton monde ?

— Le Tro-Breiz...

Eder soupira. Il paraissait soudain très fatigué.

— Il vaut mieux que je vous raconte, souffla-t-il enfin.

Il s'assit lourdement sur un des grabats et fit signe à ses enfants de prendre place sur celui d'en face.

— Si je me suis dénoncé pour un acte que je n'ai pas commis, commença-t-il, c'est que je vous le devais en tant que père. Et je le devais aussi à la mémoire de votre mère qui a tant souffert.

— Tu n'étais pour rien dans notre malheur, protesta Louise.

Mais Eder n'écoutait pas. Il répéta :

— Je lui devais bien ça, pour l'amour qu'elle vous portait. Car ce qui lui était déjà arrivé était ma faute. (Ses épaules s'affaissèrent.) Ma faute. C'est à cause de moi que tous sont morts.

Il se tut et les enfants, sidérés, se regardèrent.

— Qui est mort ? questionna Lancelot avec surprise.

— Mes enfants. Ceux que j'ai eus avant vous.

— Tu as eu d'autres enfants que nous ?

— J'ai eu d'autres enfants que vous, dans un temps où votre mère et moi étions plus jeunes.

Louise et Lancelot devinèrent qu'il voulait dire que ces enfants-là avaient grandi dans le ventre de leur mère. La voix d'Eder se brisa :

— Et à cause de moi, ils sont morts. À cause de moi... Parce que je refusais de cacher ma religion. J'allais au temple au grand jour, je ne m'agenouillais pas au passage des processions promenant des statues de saints. Votre mère partageait ma foi, mais n'agissait pas ainsi. Elle se contentait de ne pas participer aux manifestations qui lui déplaisaient. Elle pensait que c'était dangereux, que le monde était pire que je ne l'imaginais. Elle avait raison. Et ils sont morts.

Il y eut un silence, puis Louise demanda :

— Comment ? Comment sont-ils morts ?

Eder baissa la tête. C'était la première fois depuis si longtemps qu'il acceptait d'en parler... Réussirait-il à aller au bout de ses phrases ?

— Tu dois nous le dire, insista Louise.

Eder respira profondément et se redressa. Oui. Il allait mourir, alors il devait leur raconter. Pour qu'ils sachent comment était le monde, et qu'ils fassent toujours preuve de la plus grande prudence, de la plus grande modération.

— En ce temps-là, reprit-il péniblement, nous habitions Paris. Nos enfants étaient grands. Souvent, votre mère et moi allions faire ensemble les livraisons de toile. Un jour que nous étions partis pour un lointain hospice, nous avons cassé un essieu du chariot. Nous avons pris du retard et sommes revenus très tard. Les portes de Paris venaient de fermer. Ce n'était pas trop grave, nous avons loué une chambre à l'auberge, sous les remparts.

Mais voilà qu'avant l'aube, les cloches de la ville se sont mises en branle. Toutes ensemble. Elles sonnaient, elles sonnaient... Personne ne savait pourquoi. Et puis soudain, on a vu des gens sur le chemin de ronde. En tenue de nuit. Ils couraient. Ils étaient tellement affolés que beaucoup se jetaient des remparts et se tuaient. À un moment, une poterne[1] s'est ouverte et d'autres sont sortis. Des hommes les poursuivaient. Quand ils les rattrapaient, ils leur passaient l'épée au travers du corps et, parfois, ils... ils les coupaient en morceaux... qu'ils jetaient aux chiens. Le 24 août 1572, une date marquée au fer rouge dans ma mémoire. La nuit de la Saint-Barthélemy. Gloire à ce saint !

Il eut un rictus plein de douloureuse ironie. Les enfants écoutaient, le souffle coupé. Lancelot demanda doucement :

— Pourquoi ? Qui tuait qui ?

---

1. Porte discrète dans une muraille.

Eder secoua la tête et reprit :

— À cette époque, Henri de Navarre, notre roi aujourd'hui, était à Paris. Il venait épouser Marguerite, la sœur du roi de France, *la reine Margot*, comme on l'appelle. Tous ses amis l'accompagnaient, une foule de protestants. Les catholiques ont voulu en profiter pour extirper « l'hérésie protestante ». Ils étaient furieux que la sœur du roi épouse un huguenot et ils craignaient déjà qu'Henri de Navarre ne succède un jour à Henri III sur le trône. Ils ont fait fermer les portes de Paris, barrer la Seine par des bateaux enchaînés les uns aux autres... Dès que les cloches se sont mises en branle, la garde suisse du Louvre a déclenché la tuerie dans la cour même du palais. Tous les amis de Navarre furent assassinés. Puis tous les protestants de la ville, en commençant par le conseiller du roi, l'amiral de Coligny. Henri de Navarre lui-même ne fut sauvé que par l'intervention de sa femme.

— Et tes enfants ? souffla Bonie, effrayée.

— Ils ont passé mes quatre fils au fil de l'épée et les ont jetés par les fenêtres.

Un silence pesant s'abattit.

— C'est ce que nous avons découvert le jour suivant, chuchota enfin Eder, quand, à la faveur d'une accalmie dans le bain de sang, nous avons pu entrer dans la ville. Des morts, des milliers de morts. On marchait dessus dans les rues, sur les ponts, on les voyait flotter sur la Seine, les corps bouchaient les puits... Paris n'était plus qu'un immense charnier. (Il déglutit avec difficulté.) Nous avons déposé nos enfants côte à côte dans le chariot. Ils avaient entre douze et vingt ans. Nous les avons emportés et nous les avons enterrés au loin, dans un bois où personne ne s'aventurait, car il était hanté par les loups. Mais les loups sont moins redoutables que les hommes... Nous les avons laissés sous leur protection et nous sommes partis droit devant nous.

Plus personne ne parlait. L'angoisse était palpable. Pendant un moment, on n'entendit plus que le souffle contenu des respirations.

Les dix coups sonnant au clocher les frappèrent au cœur, comme ceux de la terrible nuit.

— Votre mère et moi, reprit vite Eder, avons erré de lieu en lieu. La France était à feu et à sang. Les protestants se vengeaient de la Saint-Barthélemy en assassinant les catholiques, les catholiques se vengeaient de leur vengeance... Le sang, toujours, partout... C'est alors que nous avons entendu dire que la Bretagne gardait son calme, qu'on n'y tuait personne pour ses opinions religieuses. Nous y sommes venus. Par hasard, notre chemin a croisé celui de pèlerins qui accomplissaient le Tro-Breiz. C'étaient des gens de paix, nous nous sommes joints à eux. Dol, Saint-Malo, Saint-Brieuc, Tréguier... Il y avait avec nous une veuve accompagnée d'une petite fille. Nous avons lié connaissance. Elle était très malade et tentait ce pèlerinage pour recouvrer la santé.... Hélas, elle est morte dans nos bras, sur la route entre Lannion et Saint-Michel.

Sa pauvre petite avait à peine deux ans, et plus personne pour s'occuper d'elle. Nous l'avons prise avec nous pour l'emmener jusqu'au prochain hospice, où nous voulions la confier aux religieuses qui s'occupaient des orphelins. Des enfants, nous ne voulions plus en avoir, vous devinez pourquoi. C'est ainsi que nous sommes arrivés à Saint-Michel. Seulement, au moment de remettre la petite entre les mains des religieuses, nous n'avons pas pu.

Alors nous avons regardé le village, les collines, la mer... et nous avons décidé de rester. Avec Louise.

23

Du bon et du mauvais

Des images d'horreur avaient envahi leur nuit. Des images de feu et de sang, et de terreur.

Chaque fois qu'elle se réveillait, Louise tentait de calmer les battements de son cœur. Tout cela était loin, passé. Il fallait vivre, c'est ce que disait leur père.

Malgré la détresse qui lui coupait le souffle, elle percevait une petite flamme qui luisait. Elle n'était pas une enfant abandonnée, et cela lui donnait une sorte de force intérieure. Elle devait veiller sur les plus jeunes.

Elle était orpheline, Lancelot avait été confié par

sa mère, Bonie laissée à la porte par la sienne, Perceval abandonné au ruisseau... Que serait le prochain ? Jeté sur un tas d'ordures ?

Mais il n'y aurait pas de prochain, parce que Eder ne serait plus là... C'était horrible. Tant d'épouvante dans la vie et dans la mort d'un seul homme, d'un homme si bon. À quoi Dieu pensait-il ?

— Mon Dieu, souffla-t-elle, il est temps de nous faire un signe.

Le jour pointait. Elle se leva.

Elle avait tort de penser que Dieu n'avait encore rien fait pour eux : il leur avait donné du travail.

Car le juge avait exigé qu'ils payent, en dédommagement, les nouvelles statues de l'église – qui chanteraient haut et fort la gloire de Dieu et de ses saints. Tout l'argent des dots avait pris le chemin de la sacristie, et on en devait encore.

Comme il n'y avait plus rien à tisser, ils avaient décidé de s'embaucher dans les fermes pour l'égrenage du lin. C'était un gros travail, et on avait besoin de main-d'œuvre. Seulement personne n'avait voulu les employer, de peur de passer pour huguenot ; on se tenait loin d'eux comme s'ils étaient des cacous. Seule la ferme Philippot l'avait osé, parce que – chacun en était témoin – la mort du père la privait cruellement de bras, et qu'on ne pouvait faire autrement.

Quand Louise prit Perceval des mains de Jacquette, l'enfant lui adressa un sourire si plein de bonheur qu'elle l'embrassa avec émotion. La pensée fugace que le petit dernier ne connaîtrait jamais Eder lui coupa le souffle. Oui, la vie devait continuer, même quand la douleur vous vrillait le cœur.

Il ne fallait pas penser à ça. Il fallait garder confiance. Elle commença à changer les langes. Cette fois, elle ne l'emmailloterait que jusqu'à la taille. À deux mois, on devait lui permettre de bouger les bras. Et puis il faisait chaud et il ne resterait pas dans la fraîcheur de la maison : il viendrait avec eux. Ils ne le laisseraient pas à Jacquette. Ils lui prépareraient un pot de lait, et une corne de vache servirait de biberon. Ils ne se sépareraient plus.

Elle l'enveloppa bien serré, pour en faire un petit paquet rigide qu'elle pourrait transporter sans problème debout dans sa hotte d'osier. Aujourd'hui, Perceval découvrirait le monde.

Ils quittaient la maison quand un homme qu'ils ne connaissaient pas les interpella :

— La famille Laurégan, c'est bien ici ?

D'instinct, ils se tendirent.

— J'ai ça pour vous, ajouta le voyageur.

Il donna à Louise un papier plié en quatre et continua son chemin.

Les mains un peu tremblantes, la jeune fille déplia la missive. Puis elle lut en silence et poussa un soupir de soulagement :

— Ça vient de Mathurine et Guyon. La Fontenelle s'est installé chez eux.

— Quoi ? s'effraya Lancelot.

— Mais ils sont toujours en vie. Le bandit préfère lever un impôt sur les bourgeois plutôt que de les tuer... Ne faites pas cette tête, c'est une bonne nouvelle ; les biens matériels se remplacent, pas la vie. Et des bonnes nouvelles, nous en avons terriblement besoin...

Assis face à face sur le banc, de part et d'autre du gros peigne de fer fiché dans le bois, Louise et Lancelot passaient les tiges de lin dans ses dents de fer pour en arracher les capsules de graines. Les capsules tombaient au centre, sur un drap, et ils confiaient les tiges nettoyées à la sœur de Philippot, qui avait pour mission de les lier en gerbes. Bonie leur tendait alors de nouvelles poignées de lin à égrener.

De temps en temps, la mère de Philippot passait pour ôter du peigne les déchets de lin, et les hommes regroupaient les capsules dans de grands paniers qu'ils emportaient à la grange. On les y laisserait sécher pour en faire de l'huile, ou bien de la tisane pour les chevaux.

L'égrenage était fatigant mais, d'ordinaire, c'était une vraie fête, comme tous les grands travaux. Malheureusement, cette année, tout se faisait sans joie. On ne pensait pas au beau lin qu'on avait récolté, à la belle toile qu'on allait tisser. Philippot le père était mort, et Eder n'en avait plus pour longtemps. On n'avait même pas fait venir de violoneux pour mettre de l'ambiance, ni chanté des bêtises comme *« Un coup de pied à Pierre et un autre à Jacques et un autre à Marie-Jeanne et un autre à sa servante. »* Si bien qu'on sentait plus cruellement la fatigue, le mal de dos, la poussière qui, s'immisçant dans la bouche et le nez, vous suffoquait.

Les femmes passaient régulièrement distribuer du vin, et les Laurégan avaient beau le couper d'eau, la tête leur tournait un peu. L'avantage était qu'ils broyaient moins d'idées noires. La plupart des autres l'avalaient pur et il y avait fort à parier que, pour le soir, tous, petits et grands, hommes et femmes, rouleraient dans les fossés.

Le vin aidant, les esprits commençaient à s'échauffer, et on avait de moins en moins de retenue. Un voisin commença alors à raconter l'histoire des dix Cornouaillais qui étaient venus en visite en Trégor. Les habitants de la Cornouaille étaient les plus bêtes de tous (c'était du moins ce qu'on prétendait ici. Probablement que les Cornouaillais, chez eux, en avaient autant à leur service).

— À peine arrivés dans notre beau pays, nos dix Cornouaillais avisent un champ de lin, tout bleu sous le vent. « La mer est bleue, qu'ils se disent, alors ça doit être la mer. » Et les voilà qui se déshabillent et plongent...

On osa juste sourire, tandis que le conteur poursuivait :

— Le chef se relève avec une bosse sur le front et grogne : « Je me suis cogné, ce n'est pas profond du tout. Ce qu'ils sont bêtes, ces Trégorrois, de croire qu'on peut se noyer dans la mer ! » Tout le monde rit, mais voilà que le chef se met à compter ses troupes et devient pâle comme la mort : « Gast, qu'il dit, on était dix, on n'est plus que neuf... Il nous en manque un. » Et, vite, il se remet à compter : « Un, deux, trois... » jusqu'à neuf. « Penagast, on a un noyé ! » Il recompte... Il en manquait toujours un. V'là un Trégorrois noyé dans un champ de lin !

L'assemblée s'esclaffa.

— Qu'est-ce qui s'était passé ? demanda Philippot, intrigué.

— Il s'était passé que le maudit imbécile oubliait de se compter lui-même !

Du coup, on rit pour de bon et, l'espace d'un instant, on oublia ses misères.

Pour la fin de la journée, tout le monde toussait dans l'immense nuage suffocant, et les Laurégan avaient, comme les autres, les yeux troubles. Le sac de toile qu'ils avaient étalé sur leurs genoux pour protéger leurs vêtements était couvert de poussière, et ils étaient noirs comme des ramoneurs de la tête aux pieds.

Ils revenaient au village lorsqu'ils aperçurent un attroupement. Un voyageur racontait qu'à Morlaix, un homme venait d'être pendu pour avoir dit du mal du duc de Mercœur, grand chef des ligueurs.

— Celui-là avait la langue trop bien pendue, commenta l'aubergiste. Vous vous rappelez ce qu'il avait prétendu dans ma propre auberge ? Que, parmi les royaux, il y avait autant de bons catholiques que parmi les ligueurs.

Même si on savait que c'était la vérité, personne ne protesta. Depuis qu'Eder avait été condamné à la pendaison, on redoublait de prudence.

— Comme si on pouvait croire que de bons catholiques seraient favorables à un roi huguenot ! ajouta prudemment le cordonnier.

Lancelot se rappelait parfaitement le voyageur. Il se rappelait aussi parfaitement les paroles du filotier : à Morlaix, il était interdit de dire du mal des chefs, sous peine de mort.

— Qu'est-ce qui lui a pris, de parler comme ça ? s'exclama le chiffonnier.

— C'est qu'on a voulu l'obliger à couper ses poiriers, pour cause qu'ils empêchaient d'accéder aux remparts. Quand il a su que quelqu'un avait répété ses propos au Conseil, il a voulu filer. Il a sauté dans une barque qui emportait des rouleaux de toile vers les gros navires anglais, ceux qui restent stationnés à l'entrée de l'estuaire parce qu'ils ne peuvent pas remonter jusqu'au fond. Mais il a été rattrapé avant d'avoir pu s'embarquer. Alors, il a aggravé son cas en gueulant qu'il maintenait ses paroles, que « Monseigneur de Mercœur méritait d'avoir la gorge tranchée et voilà tout ». Faut dire qu'il avait bu.

Louise jeta un coup d'œil effrayé sur Lancelot qui levait le doigt comme pour prendre la parole. Elle se rendait compte qu'eux aussi avaient bu, et ils n'en avaient pas l'habitude. Avant que son frère n'ait le temps de prononcer le premier mot, elle lui rabattit le doigt et le poussa en soufflant :

— Papa nous attend.

*

* *

En haut de la vieille côte, derrière ses chevalets et ses rouets de corderie, la maison était silencieuse. Hervé était parti à la grève chercher de quoi manger – car la mer, jamais, ne laissait ses enfants mourir de faim. Le cordier se redressa péniblement. Ses poumons étaient en feu et crachaient le sang. Il n'en avait plus pour longtemps à vivre. Ce qui l'angoissait le plus n'était pas la fin de cette vie de misère, mais son fils.

Le petit n'avait pas la lèpre, ni lui, d'ailleurs, ni même ses parents – seul un arrière-grand-père avait été malade. Cependant le monde était ainsi. Le monde continuait à avoir peur des cacous. Que deviendrait le petit ?

Le cordier se remit à tourner lentement les torons. C'était sans doute la dernière corde qu'il commettrait, et que ce soit une corde à pendre lui était infiniment douloureux. Il aurait tellement préféré qu'elle serve à mener les chevaux, à fermer les paquets de toile, à remonter les casiers de pêche...

Il regarda vers la mer avec désespoir. Le temps était si clair qu'on voyait nettement Locquirec. Comme il aurait de la peine à quitter tout cela...

Trois silhouettes traversèrent la place près de l'auditoire de justice, en bas de la côte. Il reconnut les enfants du tisserand. Eux aussi étaient bien à plaindre. Pauvres gosses...

24

Stupéfaction

Lancelot remontait lentement le ruisseau. Le temps passait trop vite, qui rapprochait leur père de la mort. Ils avaient fait tout ce qu'ils pouvaient et aucun miracle n'était arrivé. Il était épuisé. D'ailleurs, depuis qu'ils étaient sortis du tribunal de si atroce façon, aucun d'eux n'avait fermé l'œil. Sauf Bonie qui, bien qu'elle ne veuille pas l'avouer, était parfois prise subrepticement par le sommeil.

Trop de terreurs s'étaient abattues sur eux. Leur accusation, l'injustice qui leur avait broyé le cœur, leur jugement si ahurissant, le couperet qui s'était abattu sur leur père, l'épisode terrifiant de la croix, le récit d'Eder... Trop.

N'en pouvant plus d'étouffer dans l'ambiance de terreur impuissante qui régnait à la maison, il était venu pêcher la truite dans le ruisseau. Seulement, il ne parvenait à s'intéresser ni à son fil ni aux poissons.

Et pourtant, il en vit soudain un, de poisson. Il flottait sur l'eau, ventre à l'air. Une truite. Et une deuxième, dans le même état, qui descendait le courant sans résistance. Inquiet, il remonta le ruisseau. Et, plus il remontait, plus ça sentait mauvais.

C'était là ! Des pierres maintenaient un tas de tiges blafardes... La colère le submergea. Quelqu'un avait profité qu'Eder était en prison pour mettre du lin à rouir dans la rivière ! C'était comme si on lui tuait son père deux fois, car cela signifiait qu'on ne craignait plus son jugement. On se moquait de polluer la rivière et de tuer les poissons, sous prétexte qu'il n'y avait plus personne pour s'en fâcher !

Avec une force décuplée par la fureur, Lancelot souleva une des pierres qui gardaient les tiges en place. Une botte de lin fila aussitôt au cours de l'eau. Il la regarda s'éloigner, puis il s'assit sur un rocher et éclata en sanglots.

À cause de tout. À cause de son père, à cause du

lin, à cause du geste qu'il venait de faire. Les paysans n'étaient pas raisonnables, mais le lin était leur survie. Et une botte venait de se perdre. Il connaissait par cœur leurs arguments : pour faire tremper le lin et en récupérer la fibre, l'eau courante était plus efficace, car elle évitait le pourrissement. Seulement les poissons crevaient, et les animaux qui buvaient l'eau pouvaient en mourir aussi.

Il s'essuya les yeux et remonta vers la maison. Peut-être que la perte d'une botte les inciterait à ne plus recommencer, à construire des *routoirs* à l'écart, même si c'était plus de travail.

Il remarqua tout de suite une ambiance survoltée dans le village, et la frayeur s'empara de lui. Avait-on avancé l'exécution d'Eder ? Les jambes flageolantes, il remonta jusqu'à la rue.

— Ton père est hors de cause ! lui cria l'aubergiste.

— Qu... quoi ?

— Le cordier a avoué que c'était lui ! On se doutait bien qu'Eder s'était accusé juste pour vous tirer d'affaire !

Lancelot en fut tellement sidéré qu'il mit un moment à comprendre que son père était sauvé.

— Mon père est sorti de prison ?

— Pas encore. Pichic est parti à cheval demander les ordres au juge de Morlaix. Il a emporté la lettre.

— Quelle lettre ?

— Celle que le cordier a envoyée pour se dénoncer. Il l'a fait écrire par les moines du prieuré.

Le prieuré était tout proche mais, les moines, on ne les voyait guère au village, à part le frère intendant qui faisait les achats pour la communauté. C'était à lui que s'était adressé le cordier. Louise, qui venait d'arriver, demanda vivement :

— Le cordier est protestant ?

— Même pas. Il a seulement dit qu'il « croyait qu'il devait le faire ».

— C'est la douleur d'avoir perdu son fils, murmura Louise. Un coup de folie. Peut-être s'était-il adressé aux saints pour sauver le petit, et il n'a pas été exaucé.

— Qu'est-ce que ceci ? tonna le recteur. Le ciel ne nous doit rien, et nous lui devons tout. Un malheureux pécheur s'arrogerait-il le droit de décider pour Dieu ?

— Monsieur le recteur, supplia Louise, il a avoué qu'il « croyait devoir le faire ». Ce pauvre homme n'a plus sa tête depuis la mort de son fils.

— Louise Laurégan, tu parleras lorsque je t'y

autoriserai. Ce n'est pas une fille de huguenot qui fera la loi dans ce village.

— Mon père est hors de cause.

— Cela ne l'empêche pas d'être hérétique. En d'autres temps[1], on l'aurait brûlé pour ça !

Louise ne répondit pas.

Du côté de la prison, l'excitation était à son comble.

Un groupe d'hommes descendait la Vieille Côte en poussant le cordier du bout d'un bâton pour n'avoir pas à le toucher. Des cris de haine fusaient sur son passage.

— Laissez-le ! s'écria alors le recteur. C'est un fou !

Et, en évitant de regarder Louise, il ajouta qu'il ne fallait pas s'en étonner, quand les saints, qui avaient pourtant déjà accompli tant de miracles, étaient décriés par ces malfaisants d'hérétiques. Un esprit faible comme celui du cacou ne pouvait qu'en être impressionné.

C'est que, après les mots de Louise, le recteur avait réfléchi : que le crime soit l'œuvre d'un fou le rendait moins grave, et cela risquait moins de pervertir ses villageois.

---

1. Allusion aux procès de l'Inquisition, au Moyen Âge, qui condamnaient les hérétiques à être brûlés vifs.

Comme il n'y avait qu'une cellule à la prison, on enferma le cordier et on sortit Eder, qu'on garda à l'extérieur en attendant l'autorisation de le relâcher. Tout le monde lui fit fête. D'un coup, il était redevenu l'aimable tisserand, celui qui rendait service et partageait son pain avec les plus pauvres. On craignait son jugement et on se prit à regretter d'avoir tourné le dos à ses enfants. Des enfants qu'il aimait si fort qu'il avait choisi de mourir à leur place...

— Eder, j'ai besoin de torchons, pourras-tu m'en tisser ?

— Eder, il me reste de la soupe aux choux, ça te ferait un bon repas pour ce soir.

— Et moi j'ai des crêpes.

— Moi deux œufs frais pondus.

Eder se forçait à sourire. Il ne devait pas leur en vouloir, ils n'étaient que de pauvres humains ballottés au gré des vents, de l'Église et de leurs propres terreurs. D'ailleurs, il ne pensait déjà plus à eux. Il pensait au cordier. Il avait croisé un instant son regard, et ce n'était pas celui d'un faible d'esprit, encore moins d'un fou. Il se sentit de nouveau très mal. Il n'arrivait pas à traduire ce regard et, pourtant, il lui serrait le cœur.

La première surprise passée, le recteur redevint furieux. Eder, ce maudit huguenot, était dehors, et chacun lui faisait des courbettes. Pour le punir au moins de l'ignominie de ses paroles prononcées au sujet de la vraie foi, il refusa énergiquement qu'on revienne sur l'amende. La somme versée, il ne la rendrait pas. Du reste, elle était déjà dépensée pour la commande des statues.

Les heures passant, sa colère décuplait et il se demanda s'il n'allait pas traduire de nouveau Eder en justice pour blasphème. Il ne se rappelait plus exactement les mots, mais le tisserand avait injurié le pape en prétendant qu'il avait inventé les *indulgences* pour s'enrichir. Oui... Il allait l'accuser publiquement. Et, pour cela, il savait où trouver du renfort.

Il traversa la rue et frappa à la porte du prieuré voisin. Il ne fréquentait pas beaucoup les moines – chacun son domaine – seulement, là, il avait besoin d'être soutenu.

Malheureusement, rien ne se passa comme il l'avait prévu.

— Mon fils, dit le prieur quand il lui eut expliqué le cas, le monde est à feu et à sang, n'y ajoutons pas d'autres crimes.

— De quel crime parlez-vous, mon père ?

— De mettre à mort un homme pour ses idées. C'est ce que vous souhaiteriez faire ?

— Enfin, Eder Laurégan est huguenot, c'est certain ! Un bon catholique, même dans le but de sauver ses enfants, n'aurait pu parler de cette façon.

— Mon fils, la Saint-Barthélemy, où les catholiques égorgèrent des milliers de protestants fut une horreur terrible, une indignité que, chaque jour, nous demandons à Dieu de pardonner. Laissons-Le juger de ce qui est bien et de ce qui est mal. Même si leurs opinions nous sont insupportables, gardons-nous de nous faire les bourreaux des huguenots. Eder Laurégan n'a pas pris les armes, il n'a pas commis de crime, on ne peut le faire mourir.

Le recteur rentra chez lui encore plus furieux. Il ne resterait pas là. Il ne resterait pas recteur d'un village où tout le monde connaissait la vérité sur le huguenot, et continuait malgré tout à le fréquenter. Pire, l'entourait d'amitié ! Avait-on oublié les paroles impies qu'il avait prononcées ? Les mettait-on sur le compte de sa volonté de sauver ses enfants ?

Parce qu'il le voyait depuis sa fenêtre : ça ne désemplissait pas chez le tisserand.

Il réfléchit. Après tout, les villageois n'étaient que des sots, il valait peut-être mieux qu'ils mettent les paroles d'Eder sur le compte de l'amour paternel.

Oui... ça valait peut-être mieux. Mais ça n'empêchait pas la rage de lui tordre le cœur.

Tous les visiteurs ayant enfin quitté la maison, Eder descendit vers la mer. Il avait besoin de respirer, de regonfler ses poumons, de se laver la tête au vent du large. Il ne devait pas en vouloir au village, non, il ne devait pas.

Au loin, dans un grondement sourd, la mer montait doucement, bande verte gainée de blanc, soulignant les gris mêlés du ciel. Grignotant peu à peu le sable, elle atteindrait bientôt le pied de la croix de Mi-Lieue.

La grève était déserte, hantée seulement par les mouettes, les sternes et les aigrettes qui pêchaient dans les méandres de la rivière. Et, subitement, Eder revit dans un éclair le regard du cordier. Il y avait dans ce regard comme une supplication.

Pourquoi cet homme avait-il jeté les statues ?

Pas pour se venger des saints, il était trop bon catholique pour que cette idée lui passe par la tête. Le coup de folie, Eder n'y croyait pas. Un chrétien ne se révolte pas contre la volonté de Dieu : Dieu donne et Dieu reprend, Ses créatures sont entre Ses mains. Et que peut espérer sur cette terre un malheureux cacou ? Le bonheur, il ne le trouvera que dans les cieux...

Non, rien de tout cela ne tenait debout. Eder était prêt à parier que le cordier, pas plus que lui ou ses enfants, n'avait jeté les statues dans la grève.

Mais alors pourquoi s'accuser ?

Quand Eder s'aperçut qu'il était presque arrivé à hauteur du Grand Rocher, il fit demi-tour et revint lentement vers le village. Près du mur du cimetière, le boucher jetait ses déchets sanglants sur le sable, pour que la marée les prenne et les emporte ; en attendant, les mouches étaient à la fête.

— Eder ! s'écria le boucher. Il paraît que le cordier est mort !

Le tisserand s'approcha, stupéfait.

— Il est mort ?

— Dans sa prison. De maladie. On n'aura pas besoin, pour le pendre, de la corde qu'il t'avait préparée !

Le boucher éclata de rire.

Eder resta un moment immobile. Un coup de tonnerre venait de résonner dans sa tête. Voilà que tout était clair.

Mon Dieu ! Le cordier avait fait *ÇA* ! Sachant qu'il allait mourir, il s'était dénoncé à sa place. C'est ce que signifiait son regard. Ce n'était pas un regard de prisonnier à un prisonnier, c'était un regard de père à père ! Mon Dieu ! Maintenant, Eder savait ce qu'il devait faire.

Il passa devant l'auditoire de justice et remonta à grands pas la Vieille Côte.

La cloche sonnait neuf heures quand Eder regagna la maison. Il était terriblement anxieux. Depuis la rue, il entendait ses enfants bavarder gaiement. Essoufflé, il passa la tête par la porte et lança précipitamment :

— Je reviens de chez le cordier, son fils n'y est pas. Il n'est pas non plus au village, ni à l'église, ni sur la grève. Vous ne l'avez pas vu ?

— Pourquoi le cherches-tu ? demanda Louise.

— On ne peut pas le laisser tout seul, ce petit. Son père vient de mourir...

Louise sourit et tendit la main vers la table. Hervé y était assis entre Lancelot et Bonie, une galette de sarrasin à la main.

Eder resta un moment suffoqué, puis il porta la main à son front. Il luttait contre les larmes qui lui montaient aux yeux.

— Si je comprends bien, murmura-t-il d'une voix étranglée par l'émotion, maintenant, vous êtes cinq...

— Et aucun enfant de la grève, fit remarquer Lancelot avec un clin d'œil. Tous *du pas de la porte*.

Du même auteur dans
Le Livre de Poche Jeunesse

L'année du deuxième fantôme

Les Cinq Écus de Bretagne

Les portes de Vannes

La vengeance de la momie

L'héritier du désert
(Prix du Roman Historique de Poitiers)
(Prix du Syndicat des Journalistes et Écrivains)

Deux graines de cacao
(Prix « Entre Guillemets » Chateaubriant)
(Prix du Roman Historique de Poitiers)
(Prix « Livrentête » Culture et Bibliothèque pour Tous)

Les enfants d'Athéna
(Prix de la PEEP 2003)

Le fils de mon père